笠間ライブラリー

梅光学院大学公開講座論集

61

女流文学の潮流

佐藤泰正【編】

笠間書院

女流文学の潮流

目次

女流文学の潮流

感性のことなど

川上未映子

夕食の準備をしているときなんかに、なんとなくテレビをつけていると頻繁に目にするコマーシャルがあります。それは、ほとんど素顔に見えるメイクを施した古風な美人顔の女優が、少し、いや、ずいぶんと野暮ったい普段着姿で登場するビールのコマーシャル。ときに湯豆腐をひとくち食べて、あっちっちと湯気の中で舌を出し、ときに白い砂浜で妙なダンスを不器用に踊ってみせ、また、ときには野菜を入れた大きな籠を頭にのせてくるくるまわり、「晩御飯なにがい〜い〜？　なんでもいいは、ダメだよう〜」と言いながら、最後に口のまわりを泡だらけにしながらビールをおいしそうにぐびっと飲んでみせる、そんな内容。女優が演じる「素顔美人で、天然のおっちょこちょいで、俺の帰りを待っていてくれる、かわいい奥様」のそんなふるまいは、もちろん画面のこちら側の「すべての旦那さま」にむけてアッピールされています。コマーシャルも商品も大変に人気があるみたいで、もう何年にもわたってシリーズで制作されているそれらを目にするたびに、わたしはその演出の完成度の高さに舌を巻きながらも、どこか暗く、また、少し複雑な気持ちになるのです。「女性と文学」について思い巡らせるときにやってくる、ぼんやりとしたある種のやりきれなさが、なんだかじんわり、身にしみるからなのであります。

詩や小説を書いたりする今の仕事に就くまえは、自分が女性であることを否応でも意識せねばならない仕事をしていたために（女性が外で働く場合は多かれ少なかれそうですね）、文学全般にたいして、今から思えばあまりに牧歌的であるとしかいいようのない漠然とした理想がありました。たとえば計算。たとえば理科の実験。観察。語学。また、生死や存在そのものについてぼんやりとでも考えてみるときなど、それらはたしかに性別などとは関係なく存在して動いていて、詩や小説を書いたり読んだりすることも、きっとそちら側に属することなのだと思っていたのです。しかしもちろん実際はそんなわけもなく、いざ文筆の仕事をしてみるとそこは世間そのもの、かつてわたしが生活していた世界と地続きで、何を書いても、読まれても、そこには男性と女性という前提がつきまとってしょうがない場所でも、あるのでした。

たとえば。女性作家は「感覚的であること」が徹頭徹尾ゆるされている存在であることは、みなさんご存知の通りです。男性がそれをすると「馬鹿じゃないのか」と言われかねないようなことでも、女性による表現となった場合、それは比較的たやすくある種の「豊かさ」に変換されて、「みずみずしい感性」とか「研ぎ澄まされた感受性」、ちょっと古いところでは、「切れば血が出る」、「子宮で書く」といったような文言でもって評価されてしまう傾向がありましたし、それはいまでもじゅうぶん機能しています。もちろん評価するのはいつだってほとんど男性であることを考えれば、うべなるかな、彼らはそういった女性の感性のふるまいを「女性性」という「別枠」にすえて、自分たちには「理解できない・理解できなくてもよい・理解できないから、よい」という安全な「場所」から評価する構えに慣れ、また女性のほうでもそのように扱われることに慣れ、そんなのはいまに始まったことじゃないけれど、しかしそれがいつまでたっても日常として反復されていることに「これじゃあやっぱりまずいよなあ」と——おそらくはその枠組の中で、その評価をこそ受けて登場した女性の書き手のひとりとして、そう思うわけなのです。

もちろん、「感じること」が「理性的であること」よりも劣っていると言いたいわけではありませんし、男女にはやっぱりそれぞれの傾向や資質があるのも事実だし、表現物がそのどちらか一方だけで成立しているわけでも決してありません。こういった見方を取り沙汰にすることこそがある貧しさを助長するのも、さもありなん。けれども、現状のひとつとして、こうした側面に少しだけ自覚的に注意深くなれば、たとえばそこかしこで使われる言葉にも多様性がでると思うのです。もちろん、作品を男女問わず小説技法にもとづいて、純粋に作家の仕事として論じ、批評をする人たちは大勢いますし、これらは他愛なくあまりに小さな話かもしれませんが、たとえば。武田百合子を語るときには天衣無縫や天真爛漫といった言葉でなくもっとべつの言葉を。あるいは樋口一葉のすごみを物語るときには「かの森鷗外が最敬礼した」とはまたべつのエピソードを。それが実体を伴わない、単なる言い回しの違いの域を出ないものだとしても、使われる言葉の側から意識が変化する可能性はじゅうぶんに考えられもするわけで。そしてこれは日本で文章を書くことに携わる女性にかぎった問題ではなく、男性にもまた、大いに関係する話でもあると思うのです。

世界から見た、と言ってしまうのはあまりに大雑把で乱暴にすぎますが、しかしこの傾向はよそから見た日本文学にもおそらく当てはまるような気がしています。他文化に対してその民族性や土着性を求めるのはあるていど仕方のないことだとはいえ、それでも「男性が請け負ってるもの」「男性のするべき理性の仕事」に着手する機会も、期待も、そしてその評価も、日本の書き手は、あらかじめ奪われているような気がしてなりません（ちなみに、世界的に読まれている村上春樹さんは、もはや日本人作家であるというよりも少々エキゾチックな名前を持ったアメリカ人作家というように、多くのアメリカ人に受け入れられているという話を聞いたことがあります）。川端康成が受けた評価まで遡らなくても、ある種のオリエンタリズムは今も健在で、そう、「そういうのは、あなたがたの仕事ではないのです」というような了解が――様々な国の作家や翻訳家たちが集まるシンポジウムやワークショップに参加したり、また彼らと文学について意見交換などをする折には強く感じることですが――今もしっかり行き届いているような印象を受けるのです。「女性的な美を愛でる日本文学」も「花鳥風月の奥ゆかしさ」もいいけれど、しかし、すでに完成されたイメージと期待されるイメージを継続するためだけに文学の仕事があるわけではもちろんないのだから、日本の書き手は（というよりは、わたし個人の問題としたほうがより適切ではあるのですが）、それらのイメージから自由になり、さらなる更新を目指す必要があるようにも思うのです。しかし、どうやって？　そしてその達成は、いったいどのようなかたちでもって理解されるのでしょうか？

過去に受けたインタビューでも、わたしはこの懸念について話をしたあと、「ただ女性でも男性のようなものが書けるんだというのは、単に男女の力関係を逆転してそのことでそれを保存してさらに強化しちゃうようなものだから意味がないですしね。男性でもなく女性でもない性以前の子どもとかを扱っても、よりある種の天然の感性みたいに近づくわけだからそれも使えない。男装でも天然でもなく、もっとべつの意識というか自覚というか、方法というか、手続きが必要になってくるんですね……。そうすると、もう女装しかないのかなと（笑）。女性による女装。いまやってる小説はある意味で女装小説といえるかもしれません」と答え、そしていまも、ひきつづき模索中です。

凡そ一般化することなどできない男性や女性といった言葉をそれでも便宜的に使い、そして解決からはほど遠い、こうした印象のみをただ述べてきましたが、「女流文学の過去、現在、未来にわたっての展望の中で御自由に書いてください」というエッセイのご依頼をうけて、数え切れないくらいにあるテーマの中で、まずはこの懸念について書きたいと思いました。「女性ならでは」や「風流韻事のうつくしさ」という約束から、少しでも遠くへ。あるいは「女性でもこんなものが書けるのか」や「日本人でもこのような構造を扱うことができるのか」という驚きから、もっと遠くへ。この問題と解決は、主題にあるのか、母国語をふくめた出自にあるのか、あるいは、あくまで読む側の望むかたちにあるのか。おそらくはそのすべてがからみ合っているのだけれど、しかし予断されずに、小説がただそこにあり、読まれること。いっさいの署名を排したとしても、書く者が人間であり、読む者もまた人間であるかぎり、そんなことは無理なことであり、またそんなことを望むことじたいが無意味なことかもしれませんが、でも、今後、そのように存在するかもしれない小説は、いったいどのような声をしているのか——顔、からだ、形ではなく、どんな声をしているのか、それが、とても、気になるのです。

山田有策

大人になるは厭《い》やな事

――「たけくらべ」の表現技巧――

過日、紀尾井町の小ホールで幸田弘子氏の口演を聴く機会を得た。かつて本郷の法真寺の一葉忌でご一緒してからのご縁だから、もう三十年以上の年月がたったはずである。この間に氏の口演をいったい幾たび拝聴したであろうか。そのたびに新鮮な感動を得、あらためて身体言語と文字言語との関係について考えさせられたものである。

この日の演目は幸田氏の最も得意とする〈樋口一葉〉だったが、日記と「たけくらべ」「にごりえ」などの作品とを交錯させて語るものできわめて技術的に高度なものであったが、氏の長年にわたる修練はみごとで完璧に近い出来ばえであった。幸田氏の紀尾井小ホールでの口演はこれが最後となるらしいが、永遠に持続可能と思わせるような迫力を私たちに感じさせてやまなかった。この凄みはもちろん氏自身がこれまでに身体化してきたしたたかな芸の力に負っているのだが、と同時に氏の身体をつき動かしてきた〈樋口一葉〉なるものの不可思議な力を遠因としているといっていいのかもしれない。あるいは〈樋口一葉〉の織りなす言葉の芸の力とでも呼ぶべきであろうか。このささやかな稿はその〈芸の力〉の一端でも明らかにしようとの試みであるが、はたしてどこまでたどりつけるであろうか。

もちろん一葉の言葉の力は日記は別として小説においてはしばらくの間、潜在下に押し込められたままの状態が続いていた。たしかに日記ではその初期から文体的に自立し、きわだった安定感を備えていた。例えば「若葉かげ」の明治二十四年四月十五日の日記は次のように始まっている。

十五日　雨少しふる。今日は野々宮きく子ぬしが、かねて紹介の労を取たまはりたる半井うしに、初てまみえ参らする日也。
ひる過る頃より家を出ぬ。君が住給ふは海近き芝のわたり南佐久間町といへる也けり。

写実的できわめてわかりやすく、ほぼ口語体の構造と同一だとみてよい。主体の身体感覚によって周辺がからめ取られていくわけで、意味的に実に明快である。こうした文体が小説でも用いられれば彼女はより早く作家的自立が可能となったはずだが事実はそうではなかった。

池に咲く菖蒲《あやめ》かきつばたの鏡に映る花二本《ふたもと》、ゆかりの色の薄むらさきか濃むらさきならぬ白元結《もとゆひ》、きつて放せし文金の高髷《たかまげ》も、好みは同じ丈長の桜もやう、（後略）

これは明治二十五年七月の『武蔵野』第三編に掲載された「五月雨」のオープニングである。彼女にとって「闇桜」（明25・3『武蔵野』第一編）、「たま襷《だすき》」（明25・4『武蔵野』第二編）、「別れ霜」（明25・4・5？―18？「改進新聞」）に続く小説の四作目にあたる。そろそろ小説としての独自のスタイルを発見すべき時期だとも言えるのだが、語り手の位置すら明確でないため読者としては意味をつかみにくく、とまどわざるを得ない。我慢して読みすすめていくうちに二人の主従の少女の仲のよい関係を語っているらしいと判断できるのだが、比喩などのレトリックが充満しているため、意味的に把握することがきわめて困難である。これを口演することとなると幸田弘子氏の天才的な話芸の力でも聴き手にスムーズに理解させることはほとんど不可能ではないか。日記では先にみたような写実的で明晰な文体を駆使しながら、どうして一葉は小説をこうした文体で書けなかったのであろうか。

推察するところ一葉は小説を書く際に読者を意識し過ぎていたのではないか。と言うよりも読者に自らの教養を誇示しないではいられない意識が働いたのではないか。日記ならば読者は己れ一人である。だからレトリックなど全く必要がない。しかし小説は活字化され販売されるとなると誰に読まれるか全く予想がつかない。あるいは知人、友人が読む場合もあり得る。そうした読者一般から侮蔑されないためにも彼女は濃密な和歌的レトリックを駆使し続けなければならなかったのではないか。

こうした過剰とも言えるレトリックは「大つごもり」（明27・12『文学界』）での、数量で事物を押しはかる近代的発想とそれにともなう表現技術の試みによってしだいに後退していく。それと共に一葉の以降の小説世界に明治二十年代の社会が初めてと言ってよいほど重厚な枠組みを持って浮上してきたのである。いや、それだけにとどまらず、その時代を生きる人間たちとその関係のドラマがこれまでに全く試みられなかったような表現技術で実に新鮮に描かれるようになったのだ。それを「たけくらべ」（明28・1-29・1『文学界』）を例として具体的に証明してみよう。

「たけくらべ」は吉原遊廓周辺の街に住む十三歳から十六歳までの少年少女たちを描いているが、それだけでも画期的に新しい小説ではなかったか。もちろん翻訳では若松賤子の「小公子」（明23・8-25・1『女学雑誌』）があり、七歳の少年セドリックのミッションは当時の読者を深く感動させていた。しかし日本でのオリジナルなものとしては「たけくらべ」が最初ではなかったか。泉鏡花に「一之巻」「二之巻」「三之巻」「四之巻」「五之巻」「六之巻」「誓之巻」（明29・5-30・1『文芸倶楽部』）のような少年の成長を描いた作品があるが、これは明らかに「たけくらべ」に刺激されて書かれたものであり、「たけくらべ」の強烈な波及力を証明しているとみてよい。

もちろん「たけくらべ」が画期的であったのは少年・少女を中心人物として描いたことだけにあったのではない。それぞれの人物のパフォーマンスと心理のからみあいを精細に描出し、登場人物の個性をくっきりと浮き彫りにした点にある。その中でもきわ立った個性と魅力を読者に印象づけるのは何と言っても大黒屋の美登利に他ならない。その美登利の言動はそれぞれの場において魅力的な輝きを示すのだが、その中でも「たけくらべ」の中心的コードと連動しているのが次のような彼女の激しく深い歎きである。

「成る事ならば薄暗き部屋のうちに、誰《たれ》とて言葉をかけもせず、我が顔ながむる者なしに、一人気まゝの朝夕《ちようせき》を経たや。さらばこの様の憂き事ありとも、人目つゝましからずはかくまで物は思ふまじ。何時《いつ》までも何時までも人形と紙雛《あね》様とを相手にして、飯事《まゝごと》ばかりしてゐたらば、さぞかし嬉《うれ》しき事ならんを。ゑゝ、厭《い》や〳〵、大人《おとな》になるは厭《い》やな事。なぜこのやうに年をば取る、もう七月十月《なゝつきとつき》、一年《ねん》も以前《もと》へ帰りたいに」

いささか長い引用になったが、これは美登利の身に「憂く恥かしく、つゝましきこと」があって以降のことで、それまで明るく活発で、母親の言を借りれば「お俠《きやん》」でさえあった美登利が急激にグルーミーになったシーンである。確かに美登利は「子供仲間の女王様」として町内で君臨し、これまで姉の花魁の大巻を恥じるどころか自慢にしてきた。そして早く姉のようになりたいとさえ思っていたのである。その彼女が初潮をむかえ、女性を受感した時、翌年には女郎になるべき運命が待ちかまえていることを初めて痛切に感じ取らざるを得なかった。その時、彼女は生まれて初めて

「大人になるは厭やな事」と悲痛なうめき声を発し、身をふるわせるのである。これまで成長し成熟していくことに快感すら感じてきたであろう美登利にとって、この体験はすさまじく衝撃的であったに相違ない。しかし、美登利を襲った成長や成熟を拒否しようとする激しい衝動こそがこうした少年・少女を中心とするドラマの中心的コードの一つなのである。

もちろん、少年・少女たちは必ず成長・成熟していかざるを得ないし、それを望む少年・少女の方が多いのかもしれない。事実、この「たけくらべ」でも信如は別としても他の少年・少女たちはこの吉原という色里で大人となることの夢を嬉々として語っているではないか。だから少年・少女たちを中心とするドラマは必ず〈成長〉小説としての枠組みを持たざるを得ない。しかし、その一方で「大人になる」ことへの懐疑や拒否感を内包することが重要であり、それによってこそ〈成長〉小説は魅力的な輝きを示すのではないか。この「たけくらべ」において美登利の悲痛な思いに反応しているのが信如一人である。彼は小学校を途中でやめ、いきなり僧侶の学校へ去っていく。彼が何を感じたかは不明のままだが、この色里で成長することだけは避けようとしたのではなかったか。とすれば信如はこの地を去ることで彼なりに成長・成熟への違和感を示したのかも知れない。「たけくらべ」の語り手はこうした美登利と信如の心理的交響を実に巧妙に物語り、読者を鮮やかなエンディングへと導びいていく。

或る霜の朝、水仙の作り花を格子門の外よりさし入れ置きし者のありけり。誰れの仕業と知るよしなけれど、美登利は何ゆゑとなく懐かしき思ひにて、違ひ棚の一輪ざしに入れて、淋しく清き姿をめでけるが、聞くともなしに伝へ聞く、その明けの日は信如が何がしの学林に袖の色かへぬべき当日なりしとぞ。

もちろん「水仙の作り花」を「格子門の外」から「さし入れ置きし者」が誰であったかは明言されてはいない。しかし、その直前で語り手はまず次のようにエンディングを語りはじめていたのである。

龍華寺の信如が我が宗の修業の庭に立出る風説《うわさ》をも、美登利は絶えて聞かざりき、

語り手は物語をしめくくるにあたって、明らかに美登利と信如の心理や感情の交錯を読者に印象づけようとしている。だから読者は「水仙の作り花」を「格子門の外」から「さし入れ置きし者」は信如をおいて他にはいないと確信する。そして、「一輪ざし」に入れられた「水仙の作り花」の「淋しく清き姿」と龍華寺の家族や学校仲間から孤絶していく信如像を重ね合わせていく。そればかりか、「水仙の作り花」の色さえ純白に相違ないと想像してしまうのだ。これは全て語り手の巧妙な誘導に他ならないが、その大前提として語り手はすでに格子門をはさんでの美登利と信如との出会いを描いていたのである。その場面を読んだ読者の脳裏には美登利の手によって格子門の内か

ら外へと投げられた紅入り友仙の色彩が鮮烈に焼きつけられていたはずなのである。だからエンディングを読む読者は語り手の誘導をごく自然に受け入れるばかりか、完全に説得されてしまうのである。女郎になるべき身でありながら大人への拒否感を抱いてしまった少女美登利と猥雑な色町とそれに染まりきった龍華寺の家族から孤独感を深める少年信如。こうした二人の少女と少年の繊細な心理と感情の交響へと誘っていく語り手の語り口の技巧はとうてい二十代前半の作家のものとは思えないのではないか。

これまで述べた通り、「たけくらべ」の最大の魅力は少年少女の〈成長〉を描きつつもその成長への懐疑や嫌悪や拒否の感情や心理を浮き彫りにしたことにあった。この「たけくらべ」が初めて生成したこうした波紋はすぐに泉鏡花の「照葉狂言」（明29・11・14-12・23『読売新聞』）や「龍潭譚」（明29・11『文芸倶楽部』）あるいは「化鳥」（明30・4『新著日刊』）を生み出すこととなっていく。鏡花にとってこれらが自らの文学的鉱脈の発掘に結びついていったわけで、彼にとって「たけくらべ」の起した波は輝ける金波銀波と映ったに相違ない。「たけくらべ」のこの波紋は遠く中勘助の「銀の匙」（前篇大2・4・8-6・4、後篇、原題「つむじまがり」大4・4・17-6・2、ともに『東京朝日新聞』）まで確実に届いていたはずだが、ここではこれ以上は触れる余裕がないので指摘だけにとどめておきたい。

さて「たけくらべ」に戻るが、この物語が美登利と信如の関係を中心としていることは前述した通り明らかである。しかし、それにしては二人が顔を見合わせたり対話したりする場が余りに少なさすぎはしないか。物語は八月二十日の千束神社の夏祭の少し前に始まり、十一月の大鳥神社の酉の市をクライマックスにして十二月初旬頃に終末をむかえる。だからたかだか三ヶ月強の月日しかたっていないが、その間に二人はわずか一回しか顔を見合わせていないのだ。もちろん、それ以前のエピソードは回想されてはいるが語り手は次のように語って関係性をあえて断ち切ってしまうのだ。

唯いつとなく二人の中に大川一つ横たはりて、舟も筏《いかだ》も此処《ここ》には御法度《ごはっと》、岸に添ふておもひおもひの道をあるきぬ。

確かに現実的には美登利は遊女となる身、出家となる信如とは全く別の道を歩いていかなければならない。二人をへだてる大川には橋はおろか舟も筏も皆無である。だからこそ語り手は二人が会う機会を最小限度にとどめていると言ってよい。しかし、その二人が出合う場は読者を魅了してやまない絢爛たる方法が駆使されていくのだが、その前に二人の物語の序とでも呼ぶべき場についてみてみよう。夏祭の激しい喧嘩のほとぼりもさめた秋の夜のこと、雨にとじこめられた筆屋の店内の場面である。年かさなのは田中屋の正太郎と美登利だけであとは幼い子供たちばかりが集まっている。誰か来ないかと待っていた美登利の耳に足音が聴こえる。知らされた正太郎がいち早く外に出るが足音の持主が信如だと気付いて美登利に知らせる。その際の美登利の言動の描写は当時の表現水準からみても抜群のものだと言わざるを得ない。

「信《のぶ》さんかへ」と受けて、

「嫌《い》やな坊主ったらない、屹度《きつと》筆か何か買ひに来たのだけれど、私たちがゐるものだから、立聞きをして帰つたのであらう。意地悪るの、根性まがりの、ひねつこびれの、吃《どん》りの、歯《はツ》かけの、嫌やな奴め。（後略）

ここで美登利は正太郎の身振りをみて信如であることを知り、つい「信《のぶ》さんかへ」と親しげに反応してしまう。美登利はもともと信如に好感を抱き親しさを正直に表わしてやまなかった。しかし信如の迷惑そうな態度に腹を立て疎遠になっていたし、喧嘩の際、頭《かしら》の長吉に泥草履を投げつけられた上での罵声「比方《こつち》には龍華寺の藤本がついているぞ」にはなはだしく傷ついてもいた。だから正太郎を筆頭とする表町の仲間たちの前では親しさなど絶対に表出してはならなかったのだ。それが思わず無意識的に「信《のぶ》さんかへ」と身体的に反応してしまったのである。美登利は一瞬にしてそれに気付き、すぐさま身を反転させ「嫌やな坊主ったらない」に始まる悪口雑言を息つくひまもなく口にしていく。この胸のすくような罵言の連続を耳にしていると彼女が和歌山出身の田舎者であることなど忘れはててしまい、江戸下町に生まれ育ったお俠《きやん》な町娘であるかのように錯覚しがちである。

この「たけくらべ」からほぼ十年ほど後、夏目漱石は「ぼっちゃん」(明39・4『ホトトギス』)を発表したが、その中に江戸っ子を自負する主人公の〈坊っちゃん〉が山嵐に喧嘩の際ののののしり言葉を伝受する場面がある。

「ハイカラ野郎丈では不足だよ」

「ぢや何と云ふんだ」

「ハイカラ野郎の、ペテン師の、イカサマ師の、猫被りの、香具師《やし》の、モヽンガーの、岡つ引きの、わん〳〵鳴けば犬も同然な奴とでも云ふがいゝ」

漱石の父直克と一葉の父則義の関係からみても漱石が一葉を意識していたことは事実だが、それを考慮しなくとも「たけくらべ」から「坊っちゃん」へと流れていく喧嘩での悪口雑言のならべ方というか啖呵の切り方の表現水脈には興味深いものがあると言えよう。

ところでこの筆屋の場での美登利の鮮やかな身のこなし方は見事だが、その後の彼女のパフォーマンスも読者の脳裏にくっきりと影を落とすのだ。美登利はわざわざ外に出、雨の中を去っていく信如の後姿をじっと見つめる。

四五軒先の瓦斯燈の下を、大黒傘肩にして少しうつむいてゐるらしく、とぼ〳〵と歩む信如

の後かげ、何時《いつ》までも、何時までも、何時までも見送るに（後略）

物語が始まってから美登利は信如の顔はおろか姿形も眼にしていないはずである。とすればこの「後かげ」が久し振りに眼にした信如の姿なのだが、それにしては何とも寂しげで哀れな影ではないか。こうした信如の悄然とした孤影を見つめる美登利の眼に先に示したような憤激や怨嗟の色彩など浮かぶはずはない。それどころか彼女はこの時はじめて信如の孤独に共鳴したのかもしれない。語り手は信如の「後かげ」を見送る美登利という構図を「何時までも」を三回繰り返すことで永遠化しようとしているのではないか。それはともかくとしてこの秋雨の夜の筆屋における美登利の言動は読者に舞台上での若手俳優の名演技を髣髴させるほどの迫真力を備えていることは確かである。一葉はいったいいつこの卓抜な描写力、表現力を身につけたのであろうか。

さらに語り手は美登利と信如が初めて顔を見合わす場面を用意する。十二章と十三章がその場面だが、この物語で二章にまたがる場はここだけであり、いかに作者一葉の力が注がれているかを明瞭にみてとることができる。場所は美登利の住む大黒屋の寮の格子門の前、時雨の早朝、使いに出た信如は強風に傘を取られまいとした途端、下駄の鼻緒を切ってしまう。この窮状を眼ざとく見つけた美登利は紅入り友仙の切れ端を持って出、格子門の内側から外を見る。格子門をはさんで顔を見かわす美登利と信如。この物語ではじめて二人が出会う場であり、物語の中心が二人の関係のドラマだとすれば、この場面はまさしくそのクライマックスに他ならないのである。もちろん結果的に格子門は閉ざされたままだし、投げ出された紅入り友仙も拾われないまま泥にまみれていく。信如と美登利の間の絶対的な隔たりや美登利の将来を暗示するような象徴的描写であり、エンディングとの呼応を考えるときわめて高度な表現技術と言ってよい。しかし、この場における独創的とも言える表現はこの点にのみあるのではない。

美登利は鼻緒を切って難渋しているのが信如だと気付いた瞬間、顔を赤くし、胸の動悸を押えることができなくなる。それ以上に信如は動揺し「跣足《はだし》になりて逃げ出したき思ひ」に駆られる。これまでの二人の物語からすれば当然のことであり、読者としてはこれらの感情や心理はごく自然に受けとめることができる。重要なのはその先の次のような表現である。

平常《つね》の美登利ならば信如が難義の体《てい》を指さして、

「あれ〳〵あの意久地なし」

と笑ふて笑ふて笑ひ抜いて、言いたいままの悪《にく》まれ口、

「平常《つね》の美登利」とは「子供仲間の女王様」として明るく活発に振るまう美登利を指しての言だろうが、より限定すれば夏祭の喧嘩以来、信如をリーダーとする横町組と敵対する表町組の一人としての美登利を指しているとみてよい。より具体的には泥草履を額に投げつけられた恥辱を心に刻み、それを指嗾したのが信如だと思い、彼に憤怒をたぎらせる美登利、と言うことになろう。そう

した美登利ならば次のような罵声も当然のことである。

「よくもお祭りの夜《よ》は正太さんに仇《あだ》をするとて私《わたし》たちが遊びの邪魔をさせ、罪もない三ちやんを擲《たた》かせて、お前は高見で采配《さいはい》を振つてお出《いで》なされたの。さあ謝罪《あやまり》なさんすか、何《なん》とでござんす、私の事を女郎《じよろう》女郎と、長吉づらに言わせるのもお前の指図《さしず》。女郎でもいいではないか、塵一本《ちりいつぽん》お前さんが世話にはならぬ、私には父《とと》さんもあり母《かか》さんもあり、大黒屋の旦那も姉《あね》さんもある、お前のやうな腥《なまぐさ》のお世話には、ようならぬほどに、余計な女郎呼《よば》はり置いて貰《もら》いましよ。言ふことがあらば、陰のくす〳〵ならで此処《ここ》でお言ひなされ、お相手には何時《いつ》でもなつて見せまする。さあ何《なん》とでござんす」

何ともすさまじい胸のすくような啖呵だが、読者には筆屋の場ですでに耳になじんでいると言ってよい。ただ筆屋の場でののしり言葉は下町育ちのお俠《きやん》な町娘のセリフであったが、ここでの罵声はそれよりもしたたかで伝法なあねごの言葉のように聞こえてならない。いずれにしても美登利の内面にわだかまっている憤怒と怨念が言語化して表われたものとみてよい。ただ、ここで問題なのはこの美登利のセリフが全く発音されなかったことである。語り手は続けて美登利の行動を次のように語っていく。

と袂《たもと》を捉《と》らへて捲《まく》しかくる勢ひ、さこそは当《あた》り難《がと》うもあるべきを、物いはず格子のかげに小隠《こがく》れて、さりとて立去るでもなしに、唯《ただ》うぢ〳〵と胸とゞろかすは平常《つね》の美登利のさまにてはなかりき。

先に触れたような「平常《つね》の美登利」ならば必ず信如の袂をとらえて先に引用したようなすさまじい啖呵をあびせたに違いないと語り手は説明する。確かに正太郎をはじめとする表町の少年少女たちと一緒であるならば勢いにまかせてそうしたのかも知れない。何といっても「平常《つね》の美登利」の魅力はまさしくそうしたお俠《きゃん》さにあったはずなのである。読者の脳裏には夏祭の喧嘩の場での彼女のきわだった言動が鮮やかに蘇ってくるはずである。血相をかえて三五郎に襲いかかり袋だたきにする横町の少年たちを前に美登利は一歩もゆずらなかった。それどころか「……意趣があらば私をお撃《ぶ》ち、相手には私がなる。伯母《おば》さん、止めずに下され」と血気にはやる長吉たちに挑んでいったのである。この美登利の挑発的と言ってもよい言動に長吉もつい「何を女郎《じよろう》め、頬桁《ほうげた》たゝく、姉の跡《あと》つぎの乞食《こじき》め、手前《てめへ》の相手にはこれが相応だ」と罵り、泥草履《どろぞうり》を投げつけざるを得なかったのである。二つ歳上の乱暴者の長吉を相手にしてさえ一歩もひかない美登利。それこそが「平常《つね》の美登利」だという語り手の言に読者もまた頷かざるを得ないのである。

しかし、この場での美登利は「平常《つね》の美登利」であることを忘失し、ただ格子門のかげでただ「うぢ〳〵と胸とゞろかす」ばかりなのである。当然のことながら先に引用したような威勢のよい咳呵などは一言も口に出さないのだ。それればかりかその後も彼女は一言も発せず、信如のぶざまな行動をもどかしく思うだけなのである。もちろん語り手は彼女の内なる声とでも呼ぶべきものを「ゑゝ不器用な、あんな手つきしてどうなる物ぞ。(後略)」といった形で読者の前に明示していく。だから紅入り友仙の切れ端も本来は「此処《ここ》に裂《き》れがござんす、此裂《これ》でおすげなされ」と呼びかけながら手渡しにしたかったに相違ない。しかし信如もまた美登利以上に動転し、言葉を発する余裕など全くないままに終始する。だから美登利も仕方なく無言のまま格子門の内から外へと切れ端を投げ出さざるを得なかったのである。この場に会話が復活したのは美登利が家に戻って以降、長吉が遊郭から朝帰りのいなせな姿で登場してからのことであった。格子門をはさんでいるとはいえ、この物語の中心人物が初めて顔を見合わすクライマックスとでも呼ぶべき場に全く会話がないのはいったいどういうことなのか。会話どころか二人とも一口も発しないのである。舞台ならば無言劇《パントマイム》というとになろうが、この二人の心理や感情の複雑な交錯を吸収している観客にとってこうした無言劇《パントマイム》ではたして満足することができるであろうか。

もちろん私たちのような小説の読者は舞台を観つめる観客と異なり、二人の心理とくに美登利の内なる声を鮮明に脳裏に焼きつけることが出来る。確かに美登利の咳呵はその場では発声されてはいない。が発話されなかった言葉としてそこに語り手によって鮮烈に明示されているからである。私たち読者はこれを読み、美登利の二つの相反する感情と心理を十二分に把握することが可能となるのである。

これに反して例えば舞台演出家や映像作家がこの場を演出、監督しようとしたならば、いったいどのような方法がありうるのだろうか。現在、技術的に高度化した映像世界ならば何らかの方法でこの場を映像化することが可能であるかもしれない。しかし舞台化の場合、演出家は頭をかかえこまざるを得ないのではないか。もちろん、無言劇《パントマイム》で押し通し、二人の俳優の演技力にゆだねることもあり得るが、恐らくは観客の不満がつのるばかりという結果となるのではないか。あるいは発声されないセリフをあえて言わせ、もう一方で信如へのはじらいや微妙な慕情を身体的に表現するといった方法もあり得るのかもしれない。しかし、いずれにしても苦肉の策であり、「たけくらべ」という作品が獲得した独自の言語表現を抜き去るものとはなり得ない。いや、抜き去るどころか、到底及びもつかないと言って過言ではあるまい。少なくとも大黒屋の寮の格子門をはさんで演じられた二人の無言劇《パントマイム》は舞台化や映像化を許さない言語芸術の本質を提示しているとみてよく、同時代的に皆無といってよいほどの卓越した言語表現として評価してよいのではないか。こうした表現方法を一葉はいかにして獲得したのであろうか。

こうした巧妙と言ってよい表現方法が偶然に発生したものでないことは「にごりえ」(明28・9『文芸倶楽部』)によっても証明が可能である。「にごりえ」の物語としてのクライマックスはやはりお力と源七の死にあるとみてよい。七章で妻のお初と息子の太吉を離縁した源七にとって後は胎内から噴きあがる暗い情熱に身をゆだねるしかない。だから私たち読者は源七がこの情念につき動かされてひた走っていく姿を想い描き、その先に立たずむお力の姿を幻視する。当然のことながら次の八章はその二人の出会う修羅場が描かれるに違いないと確信する。しかし、この期待は完全に裏切られる。八章は次のように語られ、二人の間に何が起ったのか詳細は全く不明のままとなる

魂祭《たまつ》り過ぎて幾日《いくじつ》、まだ盆提燈《ぼんぢょうちん》のかげ薄淋《うすさび》しき頃《ころ》、新開の町を出《いで》し棺二つあり。

この二つの棺がそれぞれお力と源七の亡骸を収めたものであることはその後の簡略な語りでも確認できる。しかし死に到る二人の悲劇の内実は全く明示されず、無責任な街の噂話の中に真相は溶け込んでしまうのである。この噂話は非情なもので二人の名はかき消され、お力は「あの子」とか「女」さらには「あの阿魔」とまでさげすまれている。源七も「男」とか「詰まらぬ奴」といった言い方で呼ばれるばかりなのだ。いかに噂話が無責任で非情なものであるかがきわやかに示されているが、そういう噂話でしか語られない二人の悲劇とはいったい何であったのか。

このように「にごりえ」の語り手は二人の悲劇のクライマックスを全てカットし結果だけを示すという大胆きわまりない方法で語り終える。これに対して演出家や映画監督はどうしてもこの語られなかった修羅場を復元せざるを得ない。演劇や映画の観客を満足させるためにはそうせざるを得ないのである。もちろん彼らはその復元に自らの想像力をフルに活動させるわけだから、それなりに充足感を得られるのかもしれない。しかし結果的に一つの場面しか選択できないわけで、それが観客を満足させうるものであるかどうかは不明なのであり、そこが演劇や映画の本質であり、また

限界だとも言ってよいのではないか。

小説の場合はこれと違ってつねに読者の想像力の参入によって補完され、そのことによって完成体となる。だから読者は「にごりえ」のようにクライマックスが空白であるというような異例の事態が起った際にも自らの想像力の限りを尽してそれを埋めようとする。そこに読者としての快楽や酩酊感があるのではないか。こうした小説としての本質を把握した上で「にごりえ」での大胆な語りを試行したのだとしたら、一葉はこの時同時代の作家とは比較にならないほどの技術的に高度な位相に達していたと言わざるを得ない。

こうした「にごりえ」の高度な表現技術に接すると、先にみた「たけくらべ」のそれも違いはあるものの技術的にきわめて精巧なものだとみてよい。いったい、どの時期にどのような方法で一葉はこうした高度に発達した表現技術を身につけたのか。結局はこうした大きな疑問を残したまま論を終えざるを得ないのが残念だが、これはこれからの私の課題の一つとしておきたい。しかし、それにしても演劇でも映画でも表わし得ない一葉の言葉の芸を、朗読という芸の力でさらに魅力的に表現した幸田弘子氏のすばらしさに改めて感動を深くせざるを得ない。この感動に応えるには先述した大問題を私なりに追求し、何らかの解析の軌跡を示すしかない。それを祈念しつつ、この蕪雑な論の筆を擱くこととしたい。

土屋斐子「和泉日記」の魅力とは

板坂耀子

一　江戸時代の女流紀行

江戸時代の紀行文については「おくのほそ道」があまりにもよく知られていて、それに比べて他の紀行があまり注目されることがない。実際には少なく見積もっても二千五百点にあまる写本や版本の紀行が残っていて、その多くがまだ活字にもなっていない。歴史的資料としてのみでなく、文学作品としてすぐれたものも多いのに、これは残念なことである。

その中で女性の書いた紀行は、近年さまざまな女性研究者の精力的な研究によって、かなり紹介されはじめている。今回私が紹介するのは、その中の一つで堺奉行土屋廉直の妻であった土屋（三枝）斐子が、生れ故郷の江戸から夫の任地である堺に赴き、三年間を過ごした際の「和泉日記」という滞在記である。

なお、この作品と作者については、中公新書『江戸の紀行文』(二〇一一年)でも一章を設けてかなり詳しく書いた。そこで私が紹介した斐子像に興味や愛情を感じて下さった読者もおられたようで、私のブログ「板坂耀子第二研究室」のコメント欄に、こんな感想を下さった近世文学の研究者もいた。

土屋斐子の紀行にとても惹かれた。彼女の個性、そして周囲のおそらく見当外れの中傷…。いつも変わらないな…と思うし、魅力たっぷりの人だなと思う。(ブログ「板坂耀子第二研究室」二〇一一年二月一六日)

また雑誌「ガンダムエース」の私との対談で、富野由悠季監督は、次のように言って下さった。

「先生が紹介された江戸の紀行作家のなかでも、僕は土屋斐子さんという女性に惚れてしまいました(笑)。」

「(彼女は内面に奔放さや情熱を秘めているが、教養も身分もある人だから、何でも抑え込んでしまう、という私の発言に対して)そこがいいんですよ(笑)。先生の筆によって多少美化されているのかもしれませんが、時代のなかで慎ましく暮らしながら、女性性にあふれ、かつ私は私なのよねとちゃんと主張もする。そういう女性が江戸時代の中産階級にはたくさんいたんだということに、僕はあらためて気づかされたんです。」（「ガンダムエース」二〇一一年一二月号　対談「教えて下さい。富野です」）

「作品の全文を読みたい」という感想もさまざまな方から多くいただいた。そういうこともあって今回は『江戸の紀行文』に書けなかった部分を中心に、この作品の魅力を紹介する。より関心を持たれた方は『江戸の紀行文』も読んでいただけるとありがたい。

2　旅行記と滞在記

「紀行」というジャンルはもともと、形式が自由で定義がゆるやかなため、日記や記録や案内記や歌集といった文学と厳密に区別がつけにくい。この「和泉日記」も一定の期間、ひとつの土地に定住した間の見聞や日常を記しているのだから、「紀行」とか「旅行記」とは言えないのではないかという違和感を抱く人もいるかもしれない。

だが、江戸時代の紀行の代表的作家ともいうべき貝原益軒の京都の案内記や、「菅笠日記」という名作を残した本居宣長の京都の滞在記などは、その執筆態度や表現のいずれをとっても、彼らが記した紀行とまったくといっていいほどちがいがなく、滞在記と旅行記の間に厳密な区別をつけることは難しい。たとえば幕末の紀行作家小津久足などは、その多くの紀行をいずれも「旅をしている」という明確な意識のもとに綴っているが、そこまで意識的に「紀行」を制作する作家は江戸時代にはほとんどいない。

とりわけ女性の場合には、男性に比べて自分の旅を管理し計画して周辺の土地を調査し把握することには限界があった。

街道を移動して行くという、線としての移動の旅であっても、江戸時代の紀行は中世以前のそれとちがって、より広い範囲を鳥瞰する、面としての印象を与えるのがひとつの特徴である。だが、こと女性の旅の場合、そのような印象を与えるものは少ない。中世以前の紀行と同じように、彼女たちは自分の目に見え心に映じたものを中心に、移り変わる風景を描き、印象を連ねることが中心となりやすい。

「和泉日記」のように、故郷とは離れた場所に一定期間滞在して土地の風物を観察し人々の生活に触れることによって、女性たちはようやく男性の旅人が獲得する豊富な資料を手に入れているかのように見えるのだ。

あるいは、それは近現代でも共通する面があるのか、と感じるのは、たとえば前川健一『旅行記でめぐる世界』(文春新書　二〇〇三年)の第三章(4)「妻たちの海外」では、谷口恵津子『マダム・商社』(学生社　一九八五年)と倉沢愛子『二十年目のインドネシア』(草思社　一九九四年)がとりあげられていることだ。これは滞在記で旅行記ではないのではないか、という疑問さえいっさいなしに当然のこととして、二つの作品は「旅行記」としてとりあげられている。この本には男性の滞在記も女性の旅行記も紹介されているが、特に一項を設けて妻たちの滞在記が収められているところに、豊富な観察や体験を描く旅行記の名作は女性の場合は滞在記として生まれやすいという実情が、自然に反映されている。そして、この項の冒頭にある著者の一文も、「和泉日記」で夫に従って堺に赴いた斐子の事情とほぼちがいはない。

夫が仕事で外国に行くとなれば、単身赴任は家族同伴かが問題になる。子供の教育を考えて、子供を連れて行くこともあれば、教育を考えて日本に置いていく場合もある。単身赴任では夫が不便だからしかたなく妻も同行する場合もあれば、妻が望んで同行する場合もある。(『旅行記でめぐる世界』第三章(4)「妻たちの海外」)

斐子の子供たちは「和泉日記」にほとんど登場しないが、同行しているようである。ただ「母一人子一人」の老母は江戸にのこしており、そのことを何度も斐子は嘆いている。またこの作品の最後では夫の廉直は長崎奉行になって単身赴任で任地に赴くことになっていて、これも斐子は深く嘆いている。

3　「旅の命毛」との関係

斐子には「旅の命毛」という東海道の紀行もあって、こちらは明治版帝国文庫の「続紀行文集」に収められていて、「和泉日記」より有名である。『国書総目録』や『高木家旧蔵地誌目録』など、紀行研究の際に基本となる目録類にも、この二作品の関係はあいまいで、同一の作品のような印象を与える解説もある。しかし「旅の命毛」は東海道の旅行記、「和泉日記」は堺の滞在記で、両者はまったく別の作品である。

ただし、時間的には「旅の命毛」が夫の任地に到着したところで終わっており、「和泉日記」はその到着場面から始まっており、更に前者の最後と後者の冒頭には結末や書き出しにふさわしい、あらたまった記述がまったくない。したがってあるいは二作品は連続した作品として書かれ、中には一冊にまとめられた体裁のものも存在するのかもしれない。『国書総目録』にあがっている諸本の中にはそういう形式のものはないが、それ以外にアメリカのバークレー大学に二点の「和泉日記」があって、これは私は見ていない。そのいずれかが、二作をまとめた体裁になっている可能性もある。

4　作者像

作者の土屋（三枝）斐子について、岩波書店『国書人名辞典』は次のように記している。

三枝斐子（さいぐさあやこ）歌人〔生没〕宝暦九年（一七五九）年、天保初年（一八三〇～）頃没。七十余歳。墓、江戸浅草海禅寺。〔名号〕初め三枝氏、のち土屋氏。名、斐子。字、子章。号、茅淵・清風。〔家系〕幕臣三枝主膳守保の女（むすめ）。堺奉行土屋紀伊守廉直の妻。〔経歴〕和漢の学に通じ、歌文を能くした。

また『婦人文庫』の「旅の命毛」解題には、斐子について、

字は士章、清風と号す。又其の邸の江戸川茅が淵に臨みたるを以て茅園とも号しき。幼より慧敏にして読書を好み、聖経諸子百家の書通覧せざるなく、又国学を修め和歌を好くす。

と、号の由来などを記している。

当時から才媛として有名であったようだが、それだけに強い女性としてうとまれたり揶揄されたりすることもあったようで、彼女自身が「和泉日記」の中で、経済的に苦しかった婚家のために采配を振るったことで、批判されることもあって、それは自分の実像ではないと嘆いてもいる。

5 「和泉日記」の序文

「和泉日記」は全六巻でかなりの長編である。そのこと自体が女性紀行としては珍しいと言ってよく、内容の多彩さや考察の深さでも男女を問わず江戸時代の紀行の中では最も優れた作品の一つに数えられるだろう。

ただ何よりも惜しむらくは、彼女の教養深さが災いして全編が非常に読みにくい文体となってお

り、このことが今後作品全体を翻刻紹介する時の大きな課題となるだろう。
「和泉日記」の六巻がそろっているのは、無窮会文庫所蔵の写本で、これは斐子の友人の山中しう子という女性が、懇願して原本を借りて写したもので、しう子の長い序文がある。それを以下に全文、紹介してみよう。

としごろ、まうでつかふまつりなれぬるうへの、いづみのまもりどころにわたらせ給ひしのちは、いとたづきなきこゝちのみせられて、なにわざせむもはへなく、ひたふる雨の空のみ、うちながめられたるを、ふたとせあまりにて、かんのとの右にすゝませ給ひて、あづまにくだらせ給ふさだめとなりぬときくに、うれしともいへばさらなり。なほ日かずふるおほん旅路のほどをさへ、まちわぶるを、みたちにかへりわたらせ給ふときゝて、とりあへず、まうのぼりたるに、まだ旅のみてうどなどさへ、とりおさめたまはぬほどなりけり。かはらぬ、おほんうつくしみかうぶりて、それよりもなにかと、つもりぬることのかたはし、きこえさすついでに、「いでや、あがたのおほんすまひのほどの、おほんにきあらむを、とく見まいらせばや」と、ゆかしがるを、「いな、国のまつりごとなどは、おみなのしるべきわざにもあらず。つれ〴〵なるものから、たゞあづまのことのみこひしう、しのばれて、むねもつとふたがりぬるに、こゝちむづかしうおぼえて、さるわざも、えせずかし」と、つれなくつくりの給ふを、「いかでか、さのみやは、おはしたらん。なほかく、ふかうかくひ給ふ、みこゝろの、へだてこそ」など、なくばかりきこゆれば、しかいかに、み心かはりて、「さは、人に見すべきほどの、くさはひにもあらねど、さすがに、ことさかひの、めずらかあることゞもを、わすれ草にしげからんも、ほいなしとて、かいつけぬるを」とて、むまきまで給はるを、もてまかでゝ、いぬるをさへわすれて、くりかへしつゝ見侍るに、国のてぶりふかきあとなどよりはじめて、ものゝ名御かはらめ、あるは名どころ、草木のたぐひにいたるまでも、何くれと、かいあつめさせ給うことゞもは、高しのはまの真砂よりもさはに、しのだの杜の千元よりもしげかれど、つゆみだれたるすぢなきにぞ、げにあまたとし、このみちに、み心よせさせ給ひぬるおほんらうのほども、おしはからるゝになん。ことには、やごとなきおほんかたぐ〱にさしつどひての、みあそびわざ、こは、おのれらが、うらやみおもふべき、きわにもあらず。たゞいかなる、みすのひまもとめても、さるおもだたしう、みやびやかなるたゝずまひ見てしがなと思ふだに、いとかたしや。かゝるめでたき、おほん筆すさびを、ものゝかずともおぼさず、またさしつらぬきて紙ひねりひきとほしたるまゝなるも、げに人には見せじとや思しおきけむと、おしはからるゝ。さはれ、ひたすら、しみのすみかにやはなしはてんと、うつしとゞめんことをねがふに、とみにもゆるび給はず。しばしきこえさせしかば、「さな、かゝるかたほなるふみを、ひとめかす、あざけりのつみは、そこにおふせんを、そのわきたれか、いとぐちに、しるうしてよ」と、の給ふにぞ、いとものしうなりぬ。「そは、かへりては、ものそこなひにこそ」と、かへさひ申せば、「しかあらば、うつしとゞめんことをもゆるさじ」とあるも、いとわりなう、ひとへに、この文とゞめまほしきのみに、よろづのはゞかりをも、うちわすれて、たど〱しき筆もて、たゞ「しらぬ」といふことを、かいつくること、しかり。しう子、しるす。

この序文を読むと大抵の人がうんざりするだろう。まず、古典をそこそこ読みなれている人でも、ほとんど意味がわかるまい。江戸時代に教養ある人々が用いた、昔ながらの伝統的な古文に擬した擬古文という文体だが、日常使う文体ではないから、勝手に文法を変えたりしていて、なまじな平安朝の本来の古文より読みにくい。

かりにおおかたの意味が読みとれたとして、それはそれでまた、いらいらする。一応、大ざっぱな現代語訳を記しておくので、読んでみていただきたい。

親しくおつきあいしていた斐子さまが、和泉の役所に行かれてしまってからは、つまらなくて何もする気がせず、雨の空をながめてぼんやりしていた。二年あまりで、夫の廉直さまが昇進されて江戸に戻られることになったと聞き、大喜びして帰途の日々を待ちこがれていた。お屋敷に帰られたそうなので、急いで伺うと、まだ荷物も片づけてない状態だった。以前と同じく親しくお話して「あちらで書いた日記を早く見せて」と好奇心いっぱいで言うと、「いいえ、政治のことは女はわからないし、することもなくて江戸が恋しいばかりだったから気分もすぐれず、何も書かなかった」と乗り気でない返事をなさるのを、「そんなことがあるはずがない。こんなに隠すなんて水くさい」と泣くようにして頼むと、お気持ちが変わったのか「これは、他人に見せるような作品ではないけれど、やっぱり他国の珍しいことのいろいろを、忘れてしまうのも残念で、書きつけておいたの」と六巻もあるのを貸して下さった。持ち帰って、寝る間も惜しんで何度も読んだところ、和泉の国のさまざまな文化や方言、名所や自然についてまで、浜辺の砂や森の草のようにたくさん書いておられて、しかも文章はみごとで、長い間書き慣れてきた方の才能がうかがわれた。中でも高貴な方たちとともに演奏会などなさった様子は、私などがうらやましがるのも身の程知らずなことだが、何とかしてそんな華やかで優雅な生活をのぞいて見たいと思うのも無理な話ではある。こんなすばらしい作品を、何でもないかのように、こよりで簡単に綴じたままにしてあるのも、人に見せる気持ちがなかったのだと推測できた。でもやっぱり、虫に食わせてしまうのは何とかさけたくて、写させてと頼んだが、すぐには許可してもらえなかった。何度も頼んでいると、「それなら、こんな未熟な文章を人目にさらして、皆に馬鹿にされる責任はあなたにとらせるから、その事情を本の最初に書いて」とおっしゃるので、また気が重くなった。「私の文章で序文なんか書いたら、この作品の価値が低くなる」とお答えすると、「それなら写す許可も出さない」とおっしゃるので、大変気はすすまないのだが、ただもう、この紀行を写し取りたいだけに、遠慮も忘れて、幼稚な文章で「何もわからない」ということだけを、このように書きつけておきます。

当時の人々、おそらくは特に女性のたしなみとして、ものごとをはっきり言わず、気持ちを正直に伝えず、遠慮し謙遜し、あくまでもいやいやながら承知する。頼む方もそれを承知で、あっさり引き下がったりしないで、ねばりづよく礼儀をつくして食い下がる。現代人の感覚では到底理解できない、このような日常の交際における礼儀作法は、しかしおそらく五十年か六十年も前にはまだ普通に残っていたろう。だから私も何となく想像できるし、この二人の女性が決して異常とは思わないですむのである。

前に述べたように、斐子は当時の人たちからも後世も、意志の強い気性の激しい女性として畏れられており、自分自身もそれを苦にしていた様子である。だが、そのような高い誇りがあるからこそ、逆にまた、当時の女性の美徳である控え目で我慢強い態度をあくまでも守り、「枝氏家訓」なる一書を著して、家族親族など身内の女性に説くという意識もまた彼女にはある。だからこそ、「和泉日記」の中にも何度も「自分の意志ではない、周囲に合わせた」という記述があるように、彼女は今の人から見るとうんざりするような、一見彼女らしくもない「遠慮深く慎ましい女性らしさ」を過度なまでに固守するのだ。

以前私は「スカートの逆説」という理論を述べたことがある。授業で男ことばと女ことばについて話していた時のことだった。つまり、男性社会で男性に伍して活躍する女性が常に抱くジレンマは、スカートや長い髪といった女性らしい服装や言葉遣いをすれば「弱い劣った女性」という目で見られてしまう一方、男性的な服装をして男っぽい言葉を使うと「一人前の大人になっていない子どもっぽい女性」と見られてやはり同等に扱ってもらえない、ということだ。現代では次第にそういう状況はなくなってきているとはいえ、まだ時にそういう雰囲気はある。

当時の女性としてはふさわしくないほど強い個性と高い誇りを持っていればこそ、「置かれた場所で咲く」ために、斐子は一段と女性としての美徳を追求しなければならなかった。それを思うと、くりかえすが彼女の気性からすると一見ちぐはぐにも矛盾しているようにも見える斐子のこうした立ち居振る舞いが、私にはよく理解できるのである。

6 「和泉日記」の内容とその魅力

「和泉日記」と題するように、この作品は夫の任地の堺周辺の自然や社会、風俗について多くの筆を割いている。その事自体、たとえば中世以前の古典紀行の作者たちが、都の外へ出たとたん不安と違和感にさいなまれ、望郷の念にかられ続けるのと異なって、旅先の各地をいわば支配者の目で鳥瞰し観察する江戸時代の男性紀行と同じ視線を彼女が具えていたことを示す。だが一方で、男性紀行にさえめったにない、自分自身の心理の深い分析や、関東と関西の二文化の比較など、その記事の豊富さと幅の広さは、同時代の男性紀行のみならず、現代の紀行と比べても何ら遜色はない。あえて箇条書きに、その内容を区分してあげてみよう。

① 家族とりわけ夫の廉直との交流に関する記事

廉直の明るい豪放磊落な人柄が描き出されるのは、この紀行の大きな魅力の一つだ。斐子たちの音楽の練習をのぞいて、いっしょに歌って今にも踊り出しそうにするかと思うと、支配下の民衆にも停止されていた盆踊りを許可するなどして喜ばれている。それを斐子が夫の仕事としてうれしそうに書きとめているのもほほえましい。また、病気になった時には斐子にだけ看病させていたりして、妻に心を許しているのがうかがえる。

② 当時の社会情勢に関する記事

冒頭間もなく、ロシアのラクスマンが開国を迫った事件について、次のように記述するなど、斐子は国内外の情勢に強い関心を抱いていた。

六月になれど雨やまず。「いかなる天のおかしなりけむ」と、うちなげかるゝに、十日まりとなりて人のいゝさわぐをきくに、「いと遠きゑびすの船、この国をおこさむとて、北の国につきぬ」と、のゝしる。「こは、なに」と、まづ、うちなげかれて、ふるき代の「むくりこくり」とかやいゝけんも、ふとおもひ出られて、なを「さりとも」とたのもしう思ふを、なにがしのあそん、ゑびすしづむべき仰ごと給はり、とみに千嶋の旅に出たつときくに、むねとゞろきつゝ、「いかにや」ともきかまほしく、なやましけれど、「此あそんならんは、げにことたいらぎなまし」など、たのもしう思ひなりて、やがて其日より住よしの明神に、いのりはじめさせつゝ、なてものなどつかはす。

そして紀行の中盤、英国の軍艦フェートン号が長崎に寄港した問題で責任をとって長崎奉行が自害する。彼はまだ若く、斐子夫妻とも親しかった。どきどきしながら長崎からの知らせを待ち、詳細を知って嘆く夫妻の様子がよくわかる。そして夫の廉直は、斐子があまりに文学や芸術を好んで繊細な面があるのを気にして、「自分も武士であるからには、いつ家族を捨てて死ぬかもしれないから、その覚悟をしていてほしい」と温かく丁寧にさとす。「ここもまた海の近くで、その海は朝鮮や中国やもっと遠い外国にも続いているのだから」と語る夫のそのことばに心うたれた彼女は、その数日後、「かんのとの、『海のかよひおそろし』とありしところをも、よく見む」と、夫の語った、世界につながる海をこの目で確かめたいと、女性たちと浜辺の遊覧に出かける。この小旅行も女どうしの楽しさに満ちているが、その目的の一つに夫のことばを自分の目で確認しようとする意図があるのは、斐子の世界情勢への関心と夫への信頼、あえて言うなら男性的な視野と女性的な愛情があればこそであろう。

③　当時の雅楽伝承に関する記事

斐子は音楽が好きで、夫の勧めもあって、滞在中に京都の貴族の屋敷へ琵琶を習いに行っている。当時は楽所という機関が雅楽の伝承を行なっていたが、「このほか絃楽器や催馬楽、朗詠などは、伏見宮家や西園寺家、綾小路家などの堂上の楽家が伝承した」（国立劇場編　小島美子監修『日本の伝統芸能講座　音楽』淡交社）と言い、斐子が通ったのも、このような楽家の一つであったのだろうが、その名は記されていない。「今業平」のような若い美しい貴族に親密に指導されて陶然となる斐子の様子も面白いのだが、教授が一通り終わったあとで、その貴族が斐子のために催してくれた演奏会の模様が詳しく記されていて、雅楽伝承の実態を知る貴重な資料となっている。

けふは、みあそびとさだめ給はば、おんつたへは、ことになし。めされてまいる楽所のものどもには、窪ちかなか、東儀季政、林広済、くぼ近義、辻近敦、阿部季良、おなじく季徳、奥好古、おなじく好文等なり。是らは楽所の勘能あまたがなかにも、わきてすぐれたりときこへし人々をこそ、けふはゐらばれ給ける。近寿は七十のうへをいつゝむつかさねたる此道の一老にて、わきて箏の上手にて、いにしへの光源氏よりやつたへ給ひけむ、また明石の入道のおしへたてけむ、きんの琴をさへ、よくひきつたへて、あづまをさへ、すがゞきぬるが、けふ、わがつがひに箏の役なり。すへまさ、これにつきてをれり。みな、ひろひさしにさむらひて、みあそび、午の時よりはじまる。おゝ簾なかばおろして、おまへにおん所作、吾もおふなく、おん助絃さむろふ。近寿、季政、箏のこと給はりぬ。近あつ、広すみ、笙、好古、好あや、よこぶへ、すへはる、すへあつ、ちかまさ、ひちりきをつとむ。日向の介、しきぶなど、つぎ〳〵たいこかたをつとむ。まづ平調かきあはせあり。これは、うへの、おゝんがくはじめの式を写させ給ふとぞ、きこへし。

これに続いて当日の演奏曲目など、演奏会に関する詳しい説明が、ここにあげた部分の数倍の長さで記されている。

④ 奉行の妻の日常に関する記事

当時の奉行の家族や妻が、どのように暮らし、夫の仕事に関わったかも、この作品から浮かび上がる。たとえば、夫が新しい命を受けて江戸に戻るとわかった日の描写はこうである。

きさらぎ中のむゆかに、うら〻かなるものから、常はおしまつきにむかひ、またはものなども、ぬふわざもすれど、「けふは」とて、みぎりにおりたちて、なづな、たんぽゝ、すみれなどのさきみだれたる中に、野ふしつ、いとうつくしうて、うちまねき、もすそにまとひなどするものゝ、よにすてがたきをとりて、もちつゝ、ふと、あなたを見れば、かんのとのゝ、つねにあたりちかふ、つかひならし給ふもの、れいより、あはたゞしう、こなたにはしりく。やがて吾まへに、つゐいて、「あな、めでた、いま、あづまより、めしぶみのさむろふ。『このこと、おまへにまうせ』とて、かんの殿より申させ給ふ」とばかり、いゝすてゝ、とく、はしりさりぬ。

庭で花をつんでいた斐子のもとに、夫の部下が走って来て、江戸へ帰る命令が出たことを告げる。夫が役所から使いを出して一刻も早く妻に知らせようとしたのだろう。この後、家中が喜びで騒然となるのを落ちつかせようとする斐子の努力や、帰宅した夫が浮かぬ顔なので一同がまた静まりかえる様子、やがて一足先に江戸に戻った夫からの手紙で、ひきつづき長崎奉行の任務が与えられ、今回は単身赴任であることがわかって深まる斐子の嘆きなどが細かく記され、さまざまな思いを胸に秘めたまま、てきぱきと屋敷を片づけて出発する自分は「人めばかりは、はれ〴〵しう、ものおもわしげにも見へず（他人の目からは私は何の悩みもないかのように見えるだろう）」、という述懐で、「和泉日記」は終わっている。

7　幸福な世界とは

田辺聖子氏はやはり江戸時代の女性紀行である小田宅子「東路日記」をもとに『姥ざかり花の旅笠』（集英社　二〇〇一年）という楽しい小説を書かれており、その中で斐子の紀行「旅の命毛」も取り上げて「（斐子は）和漢の教養ゆたかな女性で漢詩にも素養あり、文章は力強く老練である。道中の感懐も非凡で見識にみちている。それだけに自我も強く、ともすると鬱悒を発して、滾る憤懣がエキサイトするらしい」と評されている。また、のびやかで明るい宅子の紀行と比較して、斐子の「旅の命毛」の中にある旅を自分で管理できない女性の身を激しく嘆く文章にふれて、それは商家の女性と武家の女性の差でもあり、斐子個人の個性の強さでもあろうかと的確な考察をされている。

—どうも怒りっぽい女人らしい。（無窮会文庫蔵「旅の命毛」の表紙裏に書かれた小林歌城の揶揄めいた批判を紹介して）月なみ男の一般批評はどうでもよいが、大体に於て私の想像するに、武士の妻というのは当今の、ある種の専業主婦のようなものではないか。世間が狭く、自分からあたまを下げないといけないことが少ないゆえ、世間の怖さを知らない。右の斐子女史の、まさに筆誅ともいうべき舌鋒の鋭さは、年齢（四十歳前後）に似ず純粋な人となりを思わせもするが、また世間知らずの青臭味も感じられる。女ゆえに世間から薄遇されるというのでなく、おそらく斐子自身の個性が招きよせた不如意という傾向もあろう。

そこへくると、女ばかりの旅立ちをして、旅路早々に愉快がっている宅子さんなどはまさに九州女らしい磊落さである。（『姥ざかり旅の花笠』「足も軽かれ　天気もよかれ」）

たしかに『江戸の紀行文』でも書いたことだが、斐子の悩みや悲しみが女性ゆえのものか江戸時代だからか、それとも斐子の個性によるのかは区別がつけにくい。

ただ私は、『私のために戦うな』（弦書房　二〇〇七年）の中でも書いたのだが、女性に限らず、その生きた時代と社会にさまざまな不満や怒りを抱いた時、それを自らの中で解消して、置かれた状況を受け入れ、そうすることで安らかになって幸福になって何とか生き延びたからと言って、つまり、にこにことして幸福そうだったからと言って、その人が幸福とかその世界が幸福だとか思うことには、どうしても慎重にならざるを得ない。

近年、江戸時代が見直されて来ていて、特に幕末の日本社会を見聞した外国人の旅行記をもとに、当時の日本と日本人がどんなに好もしく美しいものだったかを描き出した渡辺京二『逝きし世の面影』（葦書房　一九九八年、平凡社ライブラリー　二〇〇五年）が大きな反響を呼んだ。私はこのような見直しは必要だったと思っているし、この本は名著だと思っている。しかし、引用された文献の中には、引用されていない部分を見た時にちがった印象を生むものもあり、この本は一つの世界を描き出す文学として読むべきで、正確な研究報告として読むべきものではないと考えてもいる。

更に、この本で描き出されたような当時の世界が現実であったとしても、それは果たして私たちが求めるべき理想社会なのかと思うと、懐疑的にならざるをえない。現状を受け入れ、その中で分をわきまえた幸福を味わうことはその気になればやさしいし、個人も社会も快く楽でもある。だが、納得できないこと、現状では不可能に思える夢を心の中に持ちつづけ、そのことによって心身をすりへらしながら生きつづけ、周囲や自分を不幸にして行くこともまた、人類と個人にとっては欠かすことができない、重要で貴重なことではないだろうか。

与えられた環境と条件を受け入れ利用して不満を抱かず努力することで、あわよくば現状をも変えてゆくか、苦しみやいらだちに耐え、周囲を傷つけ自らも傷つけられながら、現状への疑問や問題意識を持つことをやめずに抗議しつづけるのか、両方がおそらく必要なのだろう。

この原稿を書きながら篠田節子の小説『第4の神話』（角川文庫　二〇〇二年）を読んでいた。夭折した美貌の女性作家の伝記を書く中で彼女の人生の真実にふれていくジャーナリストの女性の話で、周囲との折り合いをつけつつ、運命と状況を受け入れたり利用したりしながら、自分の求める作品を書こうとする女性作家の、虚像も実像もまじえた苦闘が、なぜか斐子を思い出させた。どんな時代でもどんな社会でも、まだ今のところ女性の生き方と課題とはどこか似たものにならざるを得ないのだろうかと、あらためて実感させられたのである。

安道百合子

『紫式部日記』清少納言批判をどう読むか

――紫式部の女房としての職掌意識を想像しつつ――

はじめに

紫式部と清少納言とは、平安時代の二大女流作家といってよいだろう。ライバルとして取り上げられることも多い。ともに、一条天皇の後宮に仕えた女房であり、清少納言は藤原道隆の娘定子に、紫式部は藤原道長の娘彰子に仕えた。女主人が帝の寵を争う関係であるからには、その女房である彼女たちも敵対視していたのではないかと考えるのは、ごく自然なとらえかただろう。しかし、彼女たちの出仕先の立場によって生じる軋轢はともかく、紫式部の本音のところでは、どうだったのだろう。『紫式部日記』のなかで、清少納言について述べた部分、いわゆる清少納言批判の文章に込められた思いをさぐってみたい。

一

本題に入るまえに、やや遠回りながら、清少納言というひとが、現代の学生たちに、どういう印象をもたれているのかについて、触れておきたい。学生たちに清少納言の印象を尋ねると、「えらそう」「漢文の知識をひけらかしている」など、それこそ辛辣な評価言が返ってくる。その一因は、どうやら高校時代に教わった、『枕草子』「香炉峰の雪」の章段にあるようだ。

雪のいと高う降りたるを、例ならず御格子まゐりて、炭櫃に火おこして、物語などしてあつまりさぶらふに、「少納言よ。香炉峰の雪いかならむ」と仰せらるれば、御格子上げさせて、御簾を高く上げたれば、笑はせたまふ。人々も「さることは知り、歌などにさへうたへど、思いこそよらざりつれ。なほこの宮の人にはさべきなめり」と言ふ。（『枕草子』(1)）

改めて説明するまでもないが、雪がひどく積もった朝の出来事である。中宮定子の「香炉峰の雪いかならむ」という問いかけに応じて、清少納言は、格子を上げさせ、御簾を高く上げたという。すなわち、白楽天の「香炉峰の雪は簾を撥《かか》げて看る」を即座に想起したのみならず、漢籍の朗誦などではなく、それを実践したところに、彼女の機知ある対応が認められ、中宮もおおいに喜ばれ、かつ、女房仲間もほめちぎった、という内容である。雪が降れば、その景色を愛でるために格子が上げられていてしかるべきところだが、この日は、いつもと違って格子が下ろされているままだった、というのは、注目すべき場面状況で、中宮定子が清少納言活躍の場を用意し、うながしていると解釈できる。

さて、その後半の、女房仲間にも認められる、というくだり。さきに引用した新全集本では「さることは」から会話文の開始とするが、注釈書によっては、「思いこそよらざりつれ」からにする解釈や、「なほ」からとするものがある。「さることは」からとすると、女房たちは典拠の漢籍をよく知っていて、朗詠することもあるのに思いつかなかった、というのが、女房たちの自覚的発言となるのに対し、「なほ」からとすると、清少納言が、思いつかなかった女房たちを評する文脈となり、私はすぐに思いついたのに他の女房たちは思いつかなかったのよ、という自慢げな評言ともなりかねない。[2] 本来、清少納言の意図は、中宮定子後宮が、機知に富む会話を良しとし、女房たちの活躍の場を生み出すはなやいだ恵まれた空間であったことを伝えることにあったはずである。ところが、自讃譚としての側面が強調されると、清少納言の活躍はやや鼻につく行為と解され、現代若者の気質には好まれないらしい。

二

『紫式部日記』にある清少納言批判の文章とは次の一節である。

清少納言こそ、したり顔にいみじうはべりける人。さばかりさかしだち、真名書きちらしてはべるほども、よく見れば、まだいとたらぬこと多かり。かく、人にことならむと思ひこのめる人は、かならず見劣りし、行末うたてのみはべれば、艶になりぬる人は、いとすごうすずろなるをりも、もののあはれにすすみ、をかしきことも見すぐさぬほどに、おのづからさるまじくあだなるさまにもなるにはべるべし。そのあだになりぬる人のはて、いかでかはよくはべらむ。

（『紫式部日記』）

日記後半の、消息体部分で、女房仲間についての批評的文章が綴られるなかに、和泉式部・赤染衛門・清少納言について述べたいわゆる三才女批評の文章がある。とくに清少納言についてのこの一節は、痛烈な批判意識を読み取られることが多い。たとえば、萩谷朴氏は、次のように評した。(3)

皇后定子に仕えた清少納言と中宮彰子に仕える紫式部、ともに一条朝の女流文学を代表する双璧であり、約十年を前後して、当代随一の才媛の名を恣まにした二人、猜疑・嫉妬・虚栄等の激しい女性心理からしても、清少納言に追いつき追い越した紫式部が、清少納言に対して大いに対抗意識を燃やしたとしても、決して不思議ではないが、教養ある中年の貴族女性としての慎みを一切かなぐり捨てたかのような、本節における非難攻撃は、いささか異常であるといわねばならない。既に中関白家は没落し、皇后定子も崩御して、倚りどころもない余生を送っていたであろう清少納言に対して、「行末うたてのみ侍るは」とか、「あだになりぬる人のはて、いかでかはよく侍らむ」と呪詛にも似た罵言を浴びせるということは、死屍に鞭打つ過酷な処置であり、前漢の呂太后が人彘の残忍さを思わせるものですらある。

やや偏った女性観を含んではいるが、氏の評は痛快である。だいたい、清少納言批判の文章は、紫式部の「感情の噴出」[4]ととらえられることが多い。それは、萩谷氏が述べておられるように、「既に中関白家は没落」した時期に書かれているからでもある。

日記のこの部分は、直前の赤染衛門評で「丹波の守の北の方」という呼称を用いており、赤染衛門の夫大江匡衡が丹波守に就いた寛弘七年（一〇一〇）以降の執筆と考えられる。ひるがえって、一条天皇後宮に、定子と彰子とが並び立ったのは、長保元年（九九九）彰子入内以降、長保二年（一〇〇〇）定子崩御までであり、少なくとも、この批判は、直接的には、女主人の対立的関係による女房同士の敵対関係を反映したものではありえないのである。清少納言批判が書かれた時点では、既に定子没後十年が経過しており、そのことが、この批判を紫式部のきわめて私的な感情の吐露と見なす一因ともなっている。

しかし、紫式部は、そこまで感情的な女性だろうか。とうていそうは思えない。そもそも消息文という文体は、誰かに語りかける性質のものである。『源氏物語』をものした作家である彼女は、どう読まれるか充分に意識したうえで書いているはずである。あるいは、自分が、清少納言にライバル意識を燃やして彼女の悪口を言うことを喜ぶ読者がいることを見越して書かれたくだりではないのだろうか。消息文という文体が読者に与える印象までも計算のうちではないかとすら思う。

ともかく、「したり顔にいみじうはべりける人」（得意顔でずいぶんな人）と言い切った表現には、並々ならぬきびしい批判的視線を読み取ることができよう。「さばかり」というからには、具体的な清少納言の言動を踏まえて述べているに違いなく、「さばかりさかしだち、真名書きちらしてはべる」（あれほど利口ぶって漢字を書き散らしている）という批判される言動は、『枕草子』自讃譚に描かれた清少納言の言動を連想させる。まさに酷評というにふさわしく、そのあとに相手の零落までも予言するに至っては、いかにも女性らしい感情にまかせた同性批判と解釈されて然るべき文章なのである。

三

ところで、二人は出会ったことがあるのだろうか。顔を合わせて話をしたこともある仲で批判するのと、一度も面識のない相手を批判するのとでは、ずいぶん違う。

清少納言は、紫式部よりおおよそ十年程度年長である。定子への出仕は正暦四年（九九三）で、定子崩御の翌年長保三年（一〇〇一）宮仕えを辞して夫の任地へ赴いている。一方、紫式部のほうは、同じ年（一〇〇一）に夫宣孝を亡くし、その後、数年を経て彰子のもとへ出仕したようだ。定子死後の清少納言については、萩野敦子氏が次のように推測しておられる。(5)

定子の死からしばらくの間は、その遺児たちを気遣うなどしながら、同僚の女房たちとともに定子の喪に服していたことだろう。定子が残した三人の親王内親王は、晩年の彼女を苦しめたライバル彰子がまだ若く子をもうけていなかったこともあり、道長サイドの人々（姉の詮子や彰子）にも温かく迎え入れられたようである。定子が敦康親王を託した妹の道隆四女（御匣殿《みくしげどの》）、または媄子内親王を引き取って可愛がった東三条院詮子あたりに、清少納言が出仕した可能性もあるかもしれない。が、詮子と御匣殿は長保三年（一〇〇一）・同四年（一〇〇二）に相次いで他界しており、もし仮にそうだったとしても長期間ではなかったはずである。

また、御匣殿の死を受けて敦康親王を育てたのが、中宮彰子であったことから、彰子に出仕した可能性についても触れ、道長が出仕を求めた可能性はおおいにあるとしたが、実際には清少納言は彰子には出仕していない。さらに、娘がのち彰子のもとに「小馬命婦」の女房名で出仕したことについて、清少納言がかつて道長と彰子に望まれた出仕を「受け入れなかったことに対する償いという意味合いがあったのではなかろうか」と述べておられる。

以上のような推測にそってみると、女房の出仕先が必ずしも政治の表舞台での敵対関係に制約されるわけではないようである。また、彰子というひとの定子の子たちへの処し方には、政敵というにはそぐわないおっとりとした対応のあり方を感じる。はじめに、定子と彰子とを、帝の寵を争う関係と位置付けてみたが、あくまでそれはそれぞれの父親の政治的な対立関係を念頭においたときの立場にすぎない。

さて、清少納言と紫式部とが、ともに彰子に出仕したという事実はなく、紫式部が出仕するのは、おそらく宣孝の死後、『源氏物語』の執筆をはじめ、それが契機となって出仕に至るのであろうから、二人が後宮で顔を合わすということはまず考えにくいということである。つまり、紫式部のあの「さばかりさかしだち」という文言は、清少納言の現実の言動を見て発せられたものではなく、やはり『枕草子』の叙述に基づいてのものと考えるべきだろう。

『紫式部日記』の清少納言批判が、対『枕草子』意識によるものだとの指摘は早くからあるが、それが、紫式部の清少納言に対する憎悪や嫌悪といった感情に基づくものとは必ずしもとらえられていない。妹尾好信氏は「紫式部が実は本質的に清少納言と同類の人物であり、『枕草子』の中の清少納言に潜在的な憧れを抱いていたから生じたものではないか」と述べられた。[6] また、小原麻衣子氏は「おそらく彼女(紫式部)は清少納言が気になって気になってしかたなかったのである。清少納言は式部が持っていない才能を持っていた。見聞したことをそのままに記すということは、彼女にはできなかった。」と述べたうえ、「彼女の想像の中の清少納言像」であるゆえに自由な批判ができたのではないかと推測された。[7] 紫式部の清少納言批判が、清少納言が生み出した『枕草子』世界を介しての批判ととらえると、ことは、単なる女性批判ではない。彰子後宮に対しての定子後宮があり、定子後宮のすばらしさの象徴でもある『枕草子』を批判したかったということであろう。

では、なぜ、定子亡き後十年もたって、『枕草子』を意識しなくてはならないのか。時勢は移り、彰子は御子を授かり、いまさら定子を意識する必要があったろうか。その点については、山本淳子氏が、『枕草子』の流布状況と定子死後の影響を視野に入れた考察をなさっている。(8) 山本氏は、紫式部の清少納言批判の理由として、従来説かれる私情を理由とするのみならず、公的理由の存在を考えられた。「紫式部にとっての『公』は『政治世界』であったのだろうか。」との問いかけは正鵠を得ている。「男性官人にとって私的な『世間』を、彰子や定子はキサキ、紫式部は女房という形で公的に生きたのである。この『ずれ』は看過できない。」と述べられた。男性にとっての公的世界は政治世界であるが、女性にとっては、男性が私的世界ととらえる世界こそが公的世界であったということである。

また、清少納言批判の書かれた寛弘七年の前年に執筆されたと考えられる『枕草子』の日記的章段「二月つごもり比に」(第一〇二段)に注目された。

この段は一条天皇が定子とむつまじく「御殿籠」り、一方清少納言は公任・俊賢・実成と渡り合って唐才機知を称賛される様を記している。寛弘七年現在、天皇と彰子との間には二男子がある。公任も俊賢も実成も、道長政権に身を寄せる存在となっている。しかし百一段(新潮日本古典集成の章段番号―引用者注)は、そんな変わり果てた時代の人々に定子の記憶を復活させ、清少納言の機知に象徴されるような、軽く楽しい定子後宮文化を思い出させただろう。そしてそれは容易に、現在の彰子後宮に対する批評の目へと転じ得る。

ここにあげられた公任をはじめとする男性官人は、『枕草子』ではまだ殿上人でも、『紫式部日記』では公卿に列している。定子の不遇は平安時代の常識では怨霊化されてもおかしくない。しかし、されなかった。逆に、定子後宮は、現公卿たちの若かりし頃の思い出として懐かしく回想され、後宮の華やかさの象徴として理想化されていたのだろう。彰子に仕える紫式部にとって、『枕草子』が書かれたゆえに、宮廷を去ってなお存在感を強めた定子と定子後宮に侍した女房たちに対する対抗心は、かえって強くなったと考えられる。紫式部は、彰子を擁するべく批判に及んだのである。

四

紫式部は彰子付きの「女房」である。「女官」ではなかった。加納重文氏は、歌合資料の詠者表記などを論拠として、「宮仕女性は、内裏に奉仕の場合は、上下を問わず規定の身分を有するが、院・宮・家に所属する場合は、公的に配属された官女以外は、それなりの女房名は持っても官職は有していない。」と断じられた。そして、中宮女房には、「非官女身分の女房も相当数いたということ、紫式部もその立場に属する女房であったらしいこと、これらを認めるのが穏当な認識」という判断を下された。

あわせて、女房名について、単なる便宜呼称では説明しにくいとしたうえで、

> 例えば、武官名称の中将・少将・衛門といった呼称には折衝・警備、太政官系の大納言・中納言といった呼称には組織・管理、大輔・侍従といった呼称には輔育、弁・式部といった官僚系の呼称には教養・記録といった、女房集団内部において果たす役割を示すような意味合いが、女房呼称それ自身に示されているという性格もあったのではないか。

という仮説を提示された[9]。

この仮説に従えば、紫式部には、教養・記録といった役割が期待されたということになる。また、清少納言についても、皇后定子との親近・公事への非参加という彼女の女房としての特性に照らして、侍従との兼官が原則の少納言の職務と通じるところがあるという。

それなら、紫式部という呼称を手がかりにして、彼女の日記を執筆するときの意識に、職掌意識をよみとることができるのではないだろうか。当時の女性達のほとんどは、実名すら伝わらないが、だからこそなおさら、呼ばれ方は自分の存在をたしかめる大事なものだったのではないかと思う。まして、物語を書くことによって人間の生を見つめてきた彼女にとって、呼ばれ方の意味づけは当然おろそかにはできなかったはずである。記録を任務とする「式部」省に由来する役割を担っているという意識を持つことは、彰子後宮のありようを伝える日記執筆時の意識にも大きく影響したのではなかろうか。

従来、日記の大部分を占める、敦成親王出産記事については、中宮彰子とその生家を讃美する意図に基づくと考えられており、その通りであろう。一方で、近年、歴史研究の立場からも、女房と呼ばれる人たちの摂関政治体制における役割の重要性が再認識されている。古瀬奈津子氏は、『紫式部日記』と「不知記」(男性官人の日記から天皇の出産関係の記事を集めた『御産部類記』中の史料)とを比較検討したうえで、「『紫式部日記』は中宮彰子の近くに侍していた女房だからこそ書けた日記であ」るとされつつも、「記録性という点からみると、「不知記」と『紫式部日記』には共通点もある」とし、『御堂関白記』『小右記』『権記』など貴族の日記が、それぞれの貴族の立場から書かれたものであるのに対して、「不知記」と『紫式部日記』は「中宮職官人と女房という中宮彰子を支える関係者によって書かれた公式記録という性格を備えている」とまとめられた。そのうえで、皇后・中宮と私的関係によって結ばれる女房の政治的・社会的役割の拡大を指摘する。[10] 摂関期は、社会構造的には、女性が「家」制度に取り込まれず、独自に活躍できた最後の時期であり、皇后・中宮が、単に皇子を生む存在ではなく、摂関とは別の政治的機能を有して政治の表舞台で活躍していたらしい。女房は、その皇后や中宮に仕えていたのである。

紫式部のような女房たちは、後宮、すなわち男性貴族たちが私的世界と認識するところでの交流の重要性と、そこにこそ女房としての公的役割があることを充分認識していたことだろう。女房が政治の表舞台にあらわれることこそないが、政治世界とは別の人間関係が大きく作用する後宮での身の処し方が、いわゆる公的世界(=政治世界)に及ぼす影響ははかりしれない。そう考えると、敦成親王出産記事は確かに女房たる紫式部にしか書けない、女房にしか見ることのできない出来事の記録であった。彰子の不安げな様子から周囲の関係者の期待と不安、感動に到るまで、私的な感情の入り交じる記録である。そしてそれは、『枕草子』に正々堂々と対抗できる彰子後宮のまぎれもなく晴れの出来事であった。

五

では、『紫式部日記』の消息体の部分は、同じように一貫した意図を持って執筆されたのだろうか。

そもそも『紫式部日記』の構成は複雑で、寛弘五年秋の彰子出産前から寛弘六年正月の記、「このついでに」と始まる消息体の女房批評、年次不明の断片的記事、寛弘七年正月の記、という大きく四つの部分からなる。また、出産記事は確かに一大慶事であるが、その合間にも、紫式部の個人的な憂悶が挟み込まれる。こうした日記が、道長の要請にこたえるにふさわしい一貫した文章といえるのだろうか。

同様の問いはこれまでも繰り返されているが、清水好子氏は「個人的にはなにがしかの憂わしさ、気がかりな問題を持つ者も、左大臣家に出仕したならば、みな隆盛のさなかにある主家の恩沢に浴している、道長の家には、そのように私の憂えを持つ者にも、能力を発揮する場をあたえているという、結局は主家を礼賛する図式になるのではなかろうか(11)」と述べ、また山本淳子氏も「一見中宮の晴れがましい出来事とは無関係のようです。が、これらによって読者は、紫式部という一個人の生の目と心を通して後宮の出来事を覗いているという臨場感と奥行きを感じることができるのです[12]」と述べられた。いずれも、現状の日記本文のままで、その意義を主家礼賛の意図に結び付けて読み解いておられるわけである。

そのうえで、さらに、このことにもやはり対『枕草子』意識が強く働いているように思われる。『枕草子』に描かれた定子後宮はとにかく明るい。ほがらかで美しい定子を中心として、出入りする男性貴族との会話や、道隆・伊周親子を交えての対話などのありようは、知的な社交性に満ちている。清少納言は、一途に讃美することによって、定子没後も、懐かしがられ色あせない定子後宮の幻想を遺したのだった。それはまた、実際には消えてしまったからこそ有効に機能したわけで、おそらく紫式部は誰よりもそのことに気づいていたのだろうと思う。栄華の絶頂にいる者が明るくふるまうことはしたない。

伊原昭氏は、両作品の服飾表現の検討を通して、「定子の容姿は、何度も鮮麗な色合の衣装で描かれ、その輝くばかりの美が絶賛されている」のに対し、「彰子が、華やいだ色合で登場するのは僅かであるばかりでなく、その美を讃える言葉も見出せない。しかし、産後の御帳台に休む白一色の姿を、常にも増して一層美しいと感嘆している」と、実に対照的な描き方となっていることを指摘されたうえで、「王朝の最も贅を尽した彰子後宮の華麗優美な色合の中に生き、それはそれとして肯定しながらも、それに飽き足らず、低俗な人びとの美意識から抜け出し、すべての色を捨て去った、「色なきもの」の、いわば無彩色の白に極致の美を紫女は見出したといってよいであろう」と述べられた[13]。

紫式部というひとはもともと内省的な性格で、社交的ではなかったのではあろう。しかし、それだけではなく、『枕草子』に対抗する演出を必要とした結果でもあったと見たい。定子後宮の才気煥発な明るさに対抗するには、いま最も輝かしい立場にいながらも控えめで奥ゆかしい彰子を描く必然があったのだと思われる。そこに仕える女房は、決して知識をひけらかさず、宮仕えに臆しながらも主家の引き立てでどうにか務めているというポーズが必要であった。

紫式部自身、幼いころ弟の漢籍の勉強の傍で自分のほうが先に覚えたエピソードを披露する一方で、はじめて出仕したときには、漢字の「一」すら書けないふりをして、女房たちと仲良くなったと述べる。またその後、彰子に漢籍の講義をしたことを明かし、『源氏物語』を読んだ一条天皇より得た賞賛と、それが後に「日本紀の御局」という不名誉な名になることを書き記す。漢籍に通じていたのは、清少納言も紫式部も同じなのである。漢学の才にまつわるエピソードは、彼女が女であるからこそ生じる矛盾の具体的な結果である。それは女房としての公的役割を果たすうえでも諸刃の刃であった。女房仲間との交流、男性貴族との交流、中宮との交流という人間関係のそれぞれにおいて、漢学の才は、ときに隠すべきものとなり、ときに披露すべきものとなったのである。矛盾を抱える内容が同居する日記本文からは、みずからひけらかすことに無頓着にはとうていなれない紫式部の迷いがうかがえる。

『紫式部日記』の消息文は、寛弘六年の正月記事のなかで、大納言の君、宣旨の君を評したのに続いて、「このついでに人のかたちを語りきこえさせば」と、ごく自然に女房評を語り出す。八人の女房たちの容姿を述べたあと、「かうぃひぃひて、心ばせぞかたうはべるかし」（気立てのよい人はなかなかいない）とまとめ、「かど、ゆゑも、よしも、うしろやすさも」（才気・嗜みも、風流心も信頼感も）といった美質を掲げ、それらすべてを備えることは難しいと結ぶ。

そのあと、斎院方の批判に対応させて、中宮方を擁護する。中宮方への「うもれたり」（引込み思案だ）という批判も正直に受け止めつつ、反発している。そのうえで、「すべて人をもどくかたはやすく、わが心を用ゐむことはかたかべいわざを、さは思はで、まづわれさかしに、人をなきになし、世をそしるほどに、心のきはのみこそ見えあらはるめれ」（総じて人を非難するのは簡単で、自分の心をよくすることは難しいのに、そうは思わないで、まず自分が賢いという態度で、人をおとしめ、世間を批判するような態度に、その心の程度が見えるようだ）とまとめる。けだし、至言であろう。

この後に続くのが三才女批評である。和泉式部批評に続く、赤染衛門批評では、前半は赤染を褒め、後半は、赤染とは対照的な人物の作歌態度を非難している。

もう一度、清少納言批判の文言をふりかえってみると、「さばかりさかしだち真名書きちらしてはべるほども、よく見れば、まだいとたらぬこと多かり。」までは、間違いなく、清少納言その人に対する批判である。ところがそのあと、評言は「かく人にことならむと思ひこのめる人は」と続く。「かく」（このように）とあるからには、清少納言を例として、人と異なろうとする人一般に話を広げているとも読めるわけである。紫式部の消息文の女性批評は、個人から一般に、一般から個人にと行きつ戻りつしながら収斂していっている。清少納言は、人に異なるところを見せようとはりきる人の例であって、その行く末もろくなものにならない、とかなり辛辣な内容ながら、必ずしも清少納言一人への個人攻撃とばかりは言い切れない。

そうした批判の最終的にゆきつくところは、「かく、かたがたにつけて」とまとめられ、自分はどうかと考えてみるのである。紫式部というひとは、誰を批判しようと、その矛先を最後は自分に向ける。そういう有り方が紫式部自身の批判精神であると見るべきなのであろう。森本元子氏は「いわゆる女房評の部分が、自省のこの部分（＊かくかたがたにつけて以下）に直接先行して書かれたとみる限り、紫式部にとっては、誰よりも手きびしく批判した清少納言であっても、その人を糾弾したあとには、それをも女性の一般論として考え、さらにそののちには、これをわが身の生き方として内省する。実はそれこそが紫式部日記女性評論の重要な性格であったとみるべきではないだろうか。[14]」と述べられた。また原田敦子氏は、三才女批評に「ライバル意識」を認めつつも、「常に人間のあるがままの姿に迫り、その真髄をくい尽くさずにはいられない、人間探求にかけた紫式部の執念を見てとるべきであろう。[15]」と述べておられる。

女房として出仕する以上、その主家を盛り立てることが至上の役割である。消息文は、個人的な文面であるという形をとるがゆえに、こっそり彰子方の女房たちの実情をうちあけているように読める。読まれることを意識すれば、ライバル視される清少納言への筆は勢いがつくだろう。彰子方の女房たちは、ほめすぎず、けなしすぎず、ということにもなろう。しかし、最後には、すべての矛先は自分に向かい、女房としての生きがたさを抱える紫式部の苦悩をあぶりだしているのである。そうであれば、紫式部は、清少納言をきびしく批判しつつも、清少納言ゆえの事情もまただれよりも理解できたかもしれない。

おわりに

要するに清少納言批判は、決して相手を貶める意図で書かれたのではないと思うのである。『枕草子』をもてはやす風潮に少しばかり抵抗し、彰子を精一杯盛り立てるべくはたらく、そういう紫式部の女房としての矜持の延長に書かれたものではあろう。しかし、つきつめれば、人を非難することはたやすいが、わが心を用いることは難しいとの内省に戻ってくる。出仕先の違い、女主人の違い、年齢の違いなどといった環境の違いが、生き方の違いを生じさせているのであり、清少納言一人を攻撃することにはなりようがない。

そこにはまた、往時の定子後宮に対するあこがれすらあっただろう。『源氏物語』桐壺巻に描かれた悲恋物語を読むとき、あたかも定子と一条天皇を想起してしまうような展開に出会う。後に生まれた『栄花物語』浦々の別巻には、一条天皇と定子が、あたかも桐壺帝と桐壺更衣さながらに描かれる。当然、『源氏物語』の影響下に書かれているのであるが、桐壺巻の物語展開に、一条帝と定子の影を読み取ったからこそであろう。彰子に仕える女房である紫式部が生み出した物語なのに、である。

さまよう、すべて人はおいらかに、すこし心おきてのどかに、おちゐぬるをもととしてこそ、ゆゑもよしも、をかしく心やすけれ。（『紫式部日記』）

紫式部は女房として生きるために、「おいらか」に生きることを自分に課した。後宮という女性にとっては生きにくい公的空間を生きる術として見出した境地であったのだろう。

注

（1）『枕草子』『紫式部日記』の本文引用は小学館新日本古典文学全集本による。

（2）田中貴子氏『検定絶対不合格教科書　古文』（朝日選書　二〇〇七）は、教科書の取り上げ方が、清少納言の自慢話として批判的に読むことをうながした点を指摘されつつ、研究の現状を紹介されている。なお、新日本古典文学大系では「思いこそよらざりつれ」から会話とし、日本古典全書は「なほ」からを会話文とする。

（3）萩谷朴氏『紫式部日記全注釈』（角川書店　一九七三）

（4）今井源衛氏『人物叢書　紫式部』（吉川弘文館　一九六六）

（5）萩野敦子氏『日本の作家100人　清少納言―人と文学』（勉誠出版　二〇〇四）
（6）妹尾好信氏『王朝和歌・日記文学試論』（新典社　一九九六）
（7）小原麻衣子氏「紫式部の清少納言批判をめぐって」（米沢国語国文二七号　一九九八）
（8）山本淳子氏「『紫式部日記』清少納言批評の背景」（『古代文化』第53巻9号　二〇〇一）
（9）加納重文氏「紫式部と清少納言の官職と文学」（『平安文学と隣接諸学4　王朝文学と官職・位階』所収　竹林舎　二〇〇八）。なお、紫式部の呼称については、今井源衛氏が「紫式部の父為時が永観二年（九八四）から寛和二年（九八六）の二年間任官した「式部丞」による」との見方を示しており、女房名の由来を、周辺人物の官職に求める場合が多い。清少納言については確定された説がなく、岸上慎二氏は、清少納言周辺の少納言を確認できないのは、「調査不足が資料の湮滅」の所為とされ、角田文衛氏は、少納言信義という人物を清少納言の夫に認定することで解決した。
（10）古瀬奈津子氏『摂関政治　シリーズ日本古代史⑥』（岩波新書　二〇一一）
（11）清水好子氏『紫式部』（岩波新書　一九七三）
（12）山本淳子氏『ビギナーズクラシックス日本の古典　紫式部日記』（角川ソフィア文庫　二〇〇九）
（13）伊原昭氏「清・紫二作者にみる相克―服色の表現をとおして―」『平安文学論集』（風間書房　一九九二）
（14）森本元子氏「一条朝の才女たち―紫式部日記清少納言評再考」『古典文学論考　枕草子和歌日

記』（新典社　一九八九）
(15)　原田敦子氏『紫式部日記　紫式部集論考』（笠間書院　二〇〇七）

島田裕子

笠女郎の相聞歌

――大伴家持をめぐる恋――

一　はじめに

大伴家持は、その青春時代に、女王（おほきみ）女郎・郎女（いらつめ）、娘子（をとめ）といった多くの女性から恋の歌即ち相聞歌を贈られている。なかでも笠女郎は二十九首の相聞歌を万葉集に残した。万葉集に採られた歌数は女性歌人の中で二番目に多い。坂上郎女八十四首、笠女郎二十九首、狭野茅上娘子が二十三首と続く。

笠女郎の恋は報われずに終わったが、大伴家持との出会いと別れが、彼女に優れた相聞歌を詠ませ万葉女性歌人の一人として後世に名を残すことになった。

笠女郎の歌は、巻三に三首、巻四に二十四首、巻八に二首が収録されている。三つの巻に分かれた歌の相互関連について考えながら、笠女郎の歌の特質を見ていきたい。

二　笠女郎の歌の特質について

1　笠女郎の全歌

彼女の歌二十九首がどのような歌であるか、以下に列挙する

〈笠女郎の歌一覧〉

巻三　比喩歌

笠女郎が大伴宿禰家持に贈る歌三首

託馬野《つくまの》に生《お》ふる紫草《むらさき》衣《きぬ》に染《し》めいまだ着ずして色に出《い》でにけり　（三・三九五）

陸奥《みちのく》の真野の草原《かやはら》遠けども面影にして見ゆといふものを　（三・三九六）

奥山の岩本菅《いはもとすげ》を根深めて結びし心忘れかねつも　（三・三九七）

巻四

笠女郎が大伴宿禰家持に贈る歌二十四首

我《わ》が形見《かたみ》見つつ偲《しの》はせあらたまの年の緒《を》長く我《あれ》も思はむ　（四・五八七）Ａ１　Ｂ１

白鳥《しらとり》の飛羽山松《とばやままつ》の待ちつつそ我《あ》が恋ひ渡るこの月ごろを　（四・五八八）Ａ１　Ｂ１

衣手《ころもで》を打廻《うちみ》の里にある我《あれ》を知らにそ人は待てど来《こ》ずける　（四・五八九）　A 1　B 1

あらたまの年の経《へ》ぬれば今しはとゆめよ我《わ》が背子《せこ》我が名告《の》らすな　（四・五九〇）　A 1　B 1

我《あ》が思ひを人に知るれや玉櫛笥《たまくしげ》開《ひら》き明《あ》けつと夢《いめ》にし見ゆる　（四・五九一）　A II　B II

闇《やみ》の夜《よ》に鳴くなる鶴《たづ》の外《よそ》のみに聞きつつかあらむ逢《あ》ふとはなしに　（四・五九二）　A II　B II

君に恋ひいたもすべなみ奈良山《ならやま》の小松が下《もと》に立ち嘆くかも　（四・五九三）　A II　B II

我《わ》がやどの夕影草《ゆうかげくさ》の白露《しらつゆ》の消《け》ぬがにもとな思ほゆるかも　（四・五九四）　A II　B II

我《わ》が命の全《また》けむかぎり忘れめやいや日に異《け》には思ひ増すとも　（四・五九五）　A II　B II

八百日《やほか》行く浜の沙《まなご》も我《あ》が恋にあにまさらじか沖つ島守《しまもり》　（四・五九六）　A II　B II

うつせみの人目を繁み石橋の間近き君に恋ひ渡るかも　（四・五九七）　A II　B II

恋にもそ人は死にする水無瀬川《みなせがは》　下《した》ゆ我《あれ》痩《や》す月に日に異《け》に　（四・五九八）　A II　B II

朝霧《あさぎり》の凡《おほ》に相見《あひみ》し人故《ゆゑ》に命死ぬべく恋ひ渡るかも　（四・五九九）　A II　B II

伊勢《いせ》の海の磯《いそ》もとどろに寄する波　恐《かしこ》き人に恋ひ渡るかも　（四・六〇〇）　A II　B II

心ゆも我《あ》は思はずき山川《やまかは》も隔《へだ》たらなくにかく恋ひむとは　（四・六〇一）　A II　B II

夕《ゆう》されば物思《ものもひ》増さる見し人の言問《こと》ふ姿面影《おもかげ》にして　（四・六〇二）　A II　B III

思ひにし死《しに》するものにあらませば千度《ちたび》そ我《あれ》は死に反《かへ》らまし　（四・六〇三）　A III　B III

剣太刀《つるぎたち》身に取り添《そ》ふと夢に見つ何の兆《さが》そも君に逢はむため　（四・六〇四）　A III　B III

天地《あめつち》の神の判《ことわり》なくはこそ我《あ》が思ふ君に逢はず死にせめ　（四・六〇五）　A III　B III

我《あれ》も思ふ人もな忘れおほなわに浦吹く風の止《や》む時なかれ　（四・六〇六）AⅢ BⅢ
皆人《みなひと》を寝よとの鐘《かね》は打つなれど君をし思へば寝《い》ねかてぬかも　（四・六〇七）AⅢ BⅢ
相思《あひおも》はぬ人を思ふは大寺《おほてら》の餓鬼《がき》の後《しりへ》に額《ぬか》つくごとし　（四・六〇八）AⅣ BⅣ
心ゆも我《あ》は思はずきまた更に我《わ》が故郷《ふるさと》に帰り来《こ》むとは　（四・六〇九）AⅣ BⅣ
近くあれば見ねどもあるをいや遠《とほ》に君がいまさばありかつましじ　（四・六一〇）AⅣ BⅣ

右の二首は、相別《あひわか》れて後に更に来贈《おく》る。

巻八　春の相聞

笠女郎が大伴家持に贈る歌一首

水鳥《みづどり》の鴨《かも》の羽色《はいろ》の春山のおほつかなくも思ほゆるかも　（八・一四五一）

秋の相聞

笠女郎が大伴宿禰家持に贈る歌一首

朝ごとに我《わ》が見るやどのなでしこが花にも君はありこせぬかも　（八・一六一六）

以上、笠女郎の二十九首の歌は、大伴家持のもとに贈られたものを、後に家持が万葉集に収めたようだ。巻三の比喩歌に三首、巻四に二十四首、巻八の春相聞・秋相聞に各一首が配置される。二十九首の歌は家持との恋の始まりから終わりまでの軌跡が読み込まれている。特に巻四の二十四首は、家持に贈った時系列にそって歌が並んでいるとみられ、その恋のあり様が読み取れる。

2　大伴家持返歌について

ちなみに笠女郎の二十九首の歌数に対して、家持からの返歌は、二首しか見当たらない。相別れたのちに笠女郎が贈った四・六〇九、六一〇の後に二首の和歌があるのみだ。

大伴宿禰家持が和《こた》ふる歌二首

今更に妹に逢はめや思へかもここだく我が胸いぶせくあるらむ　（四・六一一　家持）
なかなかに黙《もだ》もあらましをなにすとか相見そめけむ遂げざらまくを　（四・六一二　家持）

右の二首が記されているだけである。この二首は、女郎の真っ直ぐな恋情の歌に対して、心を逆なでしないように優しく婉曲な言い回しで別れを告げる。六一一歌は「今はもうあなたに逢えないだろうと思うからか。こんなにも私の胸は憂鬱なのでしょうか」、そして一二・二八九九歌などの類歌を参考に、六一二歌は「いっそ声をかけず黙っていればよかったのに。どういうつもりで逢い始めたのでしょう。思いを貫くことはできないであろうに」と詠み贈る。『万葉集私注』に「作者自らの反省である。家持の方がしをらしく物を考え居ることが分かる(1)」とあるが、まことにしおらしくあやまりつつも添い遂げられない定めだから諦めてというところに逃げ込んで気持ちのこもらない歌を贈って終わらせる。

笠女郎二十九首の歌に対して、家持はこの二首しか贈らなかったのであろうか。返歌を見れば、少なくとも恋の始まりは家持から動いたのであるから歌はあったはずである。また、巻四の二十四首に一挙にまとめられた歌を読むと、家持からの歌がないとは思えず、この巻を編集する際に家持が自らの歌を削ったか、或いは相手のもとにあるため手元にないということが考えられる。笠女郎に続く山口女王や大神女郎等から贈られた歌にも同様に返歌がないので状況は同じと考えられる。即ち家持自身が歌を採録するという、万葉集編纂を担う意識をまだ持ち合わせていない、きわめて若い時期の相聞歌のため歌が残っていないと思われる。家持との恋が始まったのは天平四・五年頃。十六歳前後の家持はその頃いとこの大伴坂上大嬢と相聞歌を交わしている。まだ十・十一歳であろうと思われる幼い大伴坂上大嬢への相聞歌は自らの意思での恋の始まりではなく、大伴氏の求心力を強めるための多分に政治的判断での婚約と考えられる。しかし、坂上大嬢との交際は大嬢の幼さゆえにかすぐに立ち消えた（後に大嬢は大伴家持の正妻となる）。つまり、この幼い大嬢との婚約の後に、女郎・女王といった高貴な身分の女性たちとの交際が始まる。その初めが笠女郎である。笠女郎との恋は、幼いとは言え大嬢という存在の影で始まったものではなかろうか。

3　笠女郎の出自

笠女郎の歌は、旅人晩年の資人である余明軍の後に配列され、大宰府歌壇の人々に近いところに位置する。そのことにより笠女郎の父親は、太宰府に関係のある人物、観世音寺の別当沙弥満誓（笠朝臣麻呂）が考えられる。その他に宮廷歌人とみなされる笠金村が挙げられるが、笠金村は『日本書紀』にも『続日本紀』にも記載がなく、身分が低い官僚であると推察される。それは宮廷歌人的な働きをしていたころの山上憶良が、身分の低い官僚であることにより当時の記載がまったくない。憶良の例により宮廷歌人という立場はそんなに高い地位ではなかった、あるいは官廷歌人という定まった職掌はなかったと思われるからだ。そう考えれば宮廷歌人山辺赤人についての記載がないのもうなづける。笠金村もしかりである。、父が高位の沙弥満誓であるという推察は、笠女郎の歌の誇り高い点からも考えられるがそれは後述する。

女郎の出自、笠氏は、吉備氏の系列で、備中国小田郡笠岡（現在の岡山県笠岡市）辺りの地名に拠るかといわれる。『古事記』孝霊天皇に「若日子建吉備津日子命者。〈吉備下道臣・笠臣祖也〉」とあり、『日本書紀』孝霊紀には、「稚武彦命、是吉備臣之始祖也」とある。また、仁徳紀には笠臣の祖県守が吉備中国で大虬を退治した説話がある。笠臣氏は天武十三年に八色の姓で朝臣の姓を賜った。大伴氏ほど大きくはないが古い由緒のある氏族である。(2)

4　笠女郎の歌の配列

巻四・二十四首の歌および二十九首の作歌時期、贈答の状況については、久松潜一氏(3)が指摘して以後、諸家がさまざまに述べている。

特に二十四首の構成については久松氏の指摘を受けて小野寛氏、山崎薫氏の詳細な分析がある。代表的な説として二氏の説と伊藤博氏の説をあげる。

A小野寛氏説
　初期　三・三九五～三九七
Ⅰ渇望期　五八七～五九一
Ⅱ概嘆期　五九二～六〇二　八・一四五一～一六一六
Ⅲ惑乱期　六〇三～六〇七
Ⅳ離別期　六〇八～六一〇
　小野寛「笠女郎歌群の構造」(『学習院女子短期大学紀要七』)、「笠女郎の比喩歌と季節歌」(『論集上代文学』第五冊)

B山崎馨氏説
Ⅰ下燃えの思慕　五八七～五九一
Ⅱ燃えさかる炎　五九二～六〇一

Ⅲ燃え残る思い　六〇二〜六〇七

Ⅳ自嘲と寂しみ　六〇八〜六一〇

山崎馨「笠女郎の歌」（『万葉集を学ぶ　第二集』有斐閣　昭和五三年）

C伊藤博氏説（家持に贈った歌群別の分類分けで恋の推移の分類分けを主とはしていない）

冒頭初回　三・三九五、三九六、三九七、八・一六一六

Ⅰ五八七〜五九〇

Ⅱ五九一〜五九四

Ⅲ五九五〜五九八

Ⅳ五九九〜六〇二

Ⅴ六〇三〜六〇八

Ⅵ六〇九〜六一〇

伊藤博『万葉集釋注』二（集英社　一九九六年）

大方は、小野氏山崎氏の考察の通りと思われるが、しかし疑問も多い。

巻三及び巻八について私は以下のように考える。巻三の三首は恋の始まりの時期に詠まれた相聞歌と思われ、小野氏や山崎氏伊藤氏の説に概ね従う。「託馬《つくま》野に生《お》ふる紫草衣《むらさききぬ》に染《し》めいまだ着ずして色に出《い》でにけり」（三・三九五）から始まる歌は「いまだ着ずして色に出でにけり」とあり、ま

だ相手と逢ってもいないのに人に知られてしまったと初々しい情趣で歌いあげる。三九六では「陸奥の真野の草原」という序詞から「遠けれど」という言葉を導き出し、遠いけれども面影にして見えるというのに、あなたが見えないなんて、あなたはそんなにわたしのことを恋しいと思ってはくださってないのねと、相手にすねて甘えるような女歌独特のきりかえしで詠む。調べのよい明るい歌であるので、これもまだ恋の初めの頃の歌と考えられる。但し次の三九七歌の詠作時期には迷いが残っている。三九七歌「奥山の岩本菅を根深めて結びし心忘れかねつも」には、家持の「あしひきの岩根こごしみ菅の根を引かば難みと標のみそ結ふ」（三・四一四）と類似語が多く呼応するような歌である。四一四の家持の歌は、何らかの困難なさまたげがある恋だから、将来を約束するだけにとどめておくと歌う。それに対して、笠女郎の三九七歌は、深く思いを結んだあなたの心が忘れられないと、家持の歌に思いを深めて応えたような歌である。このようにしてみると、巻三の比喩歌三首は、逢わずして慕う恋から逢って後にお互いに慕う恋の歌が並んでいる。つまり三九五、三九六、三九七と逢わずして慕う恋から、逢うて後慕う恋への時間順に並んでいる。三・三九七はもっと後期の作かもしれない。

次いで巻八の二首について。八・一四五一歌は「水鳥《みづどり》の鴨《かも》の羽色《はいろ》の春山のおほつかなくも思ほゆるかも」と「水鳥の鴨の羽色の春山の」という序詞で「おほつかなくも」を導き出す。「おほつかなく」は、他には「春されば木《き》の木暗《このくれ》の夕月夜おほつかなしも山陰《やまかげ》にして」（十・一八七五）「今夜のおほつかなきにほととぎす鳴くなる声の音の遥《はる》けさ」（十・一九五二）の作者未詳歌に例があるのみで、両歌ともに自然がおぼろに霞む朧化した気色を読んでいる。しかし、この歌では、春霞でかすみがかかった春山の情景を「思ほゆるかも」に結びつけ心のありようを形容する。「心ぐきものにそありける春霞たなびく時に恋の繁きは」（八・一四五〇　坂上郎女）の歌「心ぐき」と同様に心晴れないぼうっとかすむような恋の憂情を詠んだものと考えられる。水鳥の鴨の羽の色のような緑の春山がおぼろに霞んでいるように、ぼうっとかすんで心はっきりしない、あなたのお心がもどかしい、というような意味である。これからの恋の行方にぼんやりと不安は感じているがおだやかで、家持の心が離れていく不安や葛藤を詠んだ緊張感はない。むしろ序詞のみずみずしい彩りやゆるやかな調べが、恋するがゆえの憂愁をつややかに詠みあらわす。八・一六一六歌はそれより後ではあるが、初期の家持のなでしこの歌が、坂上大嬢、紀女郎と同時期の相聞歌に詠まれているのでその頃のものかと思われる。一四五一歌の「水鳥の鴨の羽色の春山の」という美しい序詞を、後年家持は賀歌の序詞に用いるように、家持のなでしこの歌も笠女郎の一六一六の歌をヒントに詠まれたのではないかと筆者は推測する。初々しく可愛い恋の思いをなでしことという花に託して人を恋う。両歌ともずば抜けた感性で言葉を選んでいる。当時の家持より歌の力量ははるかに笠女郎が優れている。このような秀歌へのあこがれが、歌を詠み始めて間もない家持の心を笠女郎に向かわしめたことは想像にかたくない。巻三及び巻八の五首は、逢わずして慕う恋から逢ってお互いに慕うという、恋の始まりの時期の歌であると推察するがいかがだろうか。

5　笠女郎の歌の「われ」と「思ふ」

次に巻四にひとまとめになっている笠女郎の歌二十四首歌群及び他の五歌を見ていく。二十四首は先にも書いたように、初期、渇望期、概嘆期、惑乱期、離別期と小野寛氏や山崎馨氏が指摘するように時系列で並んでいる。この一連の歌は何度かに分かって家持のもとに贈られたものを一括して載せたと思われる。家持の歌はないが、家持が歌を全く返歌しなかったわけではなく、何らかの事情でここにはないものと思われる。

二十四首の歌を見ると二つの言葉の多用に気が付く。一つは、「思ふ」(「思ひ」「思はむ」「思ほゆるかも」など)[4]ということばが多い。もう一つは、一人称の〈われ〉(「わ」・「あ」・「わが」・「あが」・「あれ」など)ということばが多いことに気付く。〈思ふ〉と〈われ〉に、ここでは着目して考察していきたい。

〈われ〉については、たとえば

○我《わ》が形見《かたみ》見つつ偲《しの》はせあらたまの年の緒《を》長く我《あれ》も思はむ　(四・五八七)

○あらたまの年の経《へ》ぬれば今しはとゆめよ我《わ》が背子《せこ》我が名告《の》らすな　(四・五九〇)

というように、一首の中に〈われ〉に関わる言葉を二度も用いる。また、全歌二十九首中十七例も笠女郎は〈われ〉(「わ」・「あ」・「わが」・「あが」・「あれ」など)という言葉を使っている。決して少ない数ではない。佐佐木幸綱氏の『万葉集の〈われ〉』[5]によれば、萬葉集四五〇〇余歌首中の〈われ〉の数が一七六〇例で39・7パーセントであり、笠女郎の全歌群は、その平均値を大きく上まわり〈われ〉を58・6パーセントも用いている。

また、佐々木幸綱氏は、「……万葉集でも、一首に二度〈われ〉が登場する歌がかなりあり、三度登場する歌さえ四首もある……」として、以下の四首を挙げる。

①今は我は死なむよ我が背生けりとも我れに依るべしと言ふといはなくに　（四・六八四　大伴坂上郎女）

②我が背子に我が恋ひ居れば我がやどの草さへ思ひうらぶれにけり　（十一・二四六五　作者未詳）

③さす竹の世隠りてあれ我が背子が我がりし来ずは我れ恋ひめやも　（十一・二七七三　作者未詳）

④我が心焼くも我れなりはしきやし君に恋ふるも我が心から　（十三・三二七一　作者未詳）

さらに続けて「……みな、つれない男をうらむ女性の片思いの歌である。短歌形式によって三回〈われ〉を唱えることで、何か、恋の情況に変化を期待した。ここでは、そう、考えておきたい。歌の主語がしばしば一人称であるのは、すでに記したように、歌が発声された名残と見ていい。これらの歌の〈われ〉は、特定のだれかでなく、だれでもいい、この歌を発声する者〈われ〉ということになる。その〈われ〉の嫉妬を鎮め、その〈われ〉に異性を取り戻す呪文だ。」（『万葉集の〈われ〉』）と言われる。

ここで笠女郎の歌を見ると、佐々木氏の例歌の①②とは同趣の傾向がある。もともと笠女郎は、

巻十一・十二の古今相聞往来歌類からの類同表現が多く影響を強く受けている。(6) 例えば、

○思ひにし死《しに》するものにあらませば千度《ちたび》そ我は死に反《かへ》らまし　（四・六〇三）

四・六〇三歌は大変情熱的な歌だが、右歌のような類歌が巻十一にある。

○恋するに死するものにあらませば我が身は千度死に反らまし　（十一・二三九〇　人麻呂歌集）

また、「我《わ》がやどの夕影草《ゆうかげぐさ》の白露《しらつゆ》の消《け》ぬがにもとな思ほゆるかも」（四・五九四）は、

○秋の田の穂の上に置ける白露の消ぬべくも我は思ほゆるかも　（十・二二四六　作者未詳）

○夕置きて朝は消ぬる白露の消ぬべき恋も我はするかも　（十二・三〇三九　作者未詳）

の先行歌と類同表現が多い。しかし、五九四歌は類同表現を基底に置きつつ「我がやどの夕影草」の「夕影草」という造語を作り出し、まったく新しい情趣を拓いていく。

笠女郎の歌は巻十一や巻十二だけでなく、天平時代の巻十の作者未詳歌とも類歌が多い。むしろ彼女の歌風の主たるものは、唐詩などの影響を受け洗練された天平貴族文化の中での個我の認識の深まりを反映しており、その歌の〈われ〉は、異性を取り戻すための「呪文」といった古いの形式にのっとるものとは断定し難い。笠女郎の〈われ〉は無自覚に歌に散りばめられており、〈われ〉、〈われ〉と、女郎の自意識の強さ、自我の強い性格がそこに見られるのではないか。

前述の二・1、笠女郎全歌について、〈われ〉〈思ふ〉の箇所に線を引いているので見ていただきたい。

二十九歌中、〈思ふ〉は十四例も出てくる。〈思ふ〉という思念を表す表現は家持との恋の推移の

中で、自らの心の内を見つめなおすかのように出現する。(7) 思うようにならない恋に悩み我が心の奥を凝視していく時間に重なるように〈思ふ〉は多出する。知的な性格で意識的に〈思ふ〉思念の人であったのだろう。その深い思念の中から、笠女郎はそれまでの万葉歌人が歌い得なかったような恋の思いを掬い上げて独自の表現と心情で歌いあげる。

○八百日《やほか》行く浜の沙《まなご》も我《あ》が恋にあにまさらじか沖つ島守《しまもり》　(四・五九六)

沖つ島守に歌いかけるこのような歌い方は集中稀有な例で、後の平安時代の歌を先取りしたような歌であり、序詞のイメージの鮮やかさや独自性は、その一例として挙げられよう。

また、

○相思《あひおも》はぬ人を思ふは大寺《おほてら》の餓鬼《がき》の後《しりへ》に額《ぬか》つくごとし　(四・六〇八)

のような集中誰も歌い得ない独創的な恋の別れの歌も、このような笠女郎の作歌への情熱と個我の深まりの過程で、どこまでも自らの思いを掘り起こしていった執念が発見したものである。

たとえば、この歌は寺という素材から六〇七と同じ日に作られたと考えられる。

○皆人《みなひと》を寝《ね》よとの鐘《かね》は打つなれど君をし思へば寝《い》ねかてぬかも　(四・六〇七)

の歌は、寝る時間を知らせる寺の鐘は鳴りわたるけれども、待っても待っても来てくれない君を思って眠れないという歌である。だんだんつれなく冷淡になり逢ってもくれない相手へ執着し恋慕と葛藤にさいなまれる日々。相手の心が遠く離れてしまって取り戻す術などないことはとっくに分かっていた。夜更けの静けさのなかで寺社の鐘が鳴り、また夜の静けさの中に沈んでゆく。眠れない夜のしじまのなかで、悩み惑う我れを見つめたはてに、抑えていた感情が噴出し、見ようとしなかった現実が突きつけられる。それが六〇八歌である。

この歌は

○相思はぬ妹をやもとな菅の根の長き春日を思ひ暮らさむ　（十・一九三四　作者未詳）

○相思はずあるらむ児故玉の緒の長き春日を思ひ暮らさく　（十・一九三六　作者未詳）

○相思はぬ人をやもとな白たへの袖漬つまでに音のみし泣かも　（四・六一四　山口女王）

などの、巻十の歌や同世代と思われる山口女王の歌に初句は類似している。しかしそこから、他の三首とはまったく違う展開をみせる。

思ってもくれない相手を恋慕うのは大寺の餓鬼のそれも後から額づいて拝むようなもの。なんて空しいこと、なんて愚かしいこと。家持の気持ちがすでに自分にはないこと、取り戻しようのないことを「大寺《おほてら》の餓鬼《がき》の後《しりへ》に額《ぬか》つくごとし」という大胆な比喩表現で言い放つ。わが恋のあり様を思い悩み見つめつくした後に、言葉で掴みえた境地である。相手も自分も突き放した冷静な視線で見ている。相手への痛烈な風刺、そして激しい自嘲がひびきわたる。大胆で相手をまったく歯牙にもかけない絶縁の歌を詠み、そして送りつける。そこに笠女郎の恋の思いの激しさとともに誇り高い気性が窺える。集中例のない大胆不敵かつ悲しみに満ちた特異な相聞歌である。

三　終わりに

笠女郎は、古歌との類歌も多く、天平年間の郎女・女郎・女王に共通する教養の高さを示す人であり、歌学びをするだけの文学的環境の中で育った。[8] それに加えて、家持との恋の懊悩の中で類型的な恋の表現では満足できず、自らの心にありのままに真向い表現を掬いあげ磨いていった歌人であった。〈われ〉や〈思ふ〉という言葉が笠女郎の歌にはずばぬけて多いことがそれを示す。思い出多い大宰府のゆかりによって始まったと思われる二人の恋は、家持にとっては初恋であったと推測される。だからこそ、坂上大嬢との初期の相聞往来は途絶えたのだ。しかし、なんらかの障害と笠女郎の恋の思いの強さやその歌の凄みある秀逸さが、十五・六歳の家持には次第に重たい恋となっていったようだ。歌からすると、笠女郎は故郷からこの恋の成就のために平城京へ暮らしを移し恋の終焉とともに故郷へ戻る。このような自在な暮らしが許される環境は身分の低い官僚の娘ではできないことである。また、六〇八のような大胆な離別の歌を名門大伴氏の嫡男家持に送りつけても臆することがない思い切りの良さは、単に個人の資質でははかりきれない後見の身分の高さが窺える。相当に身分の高い家の姫君であろう。大伴旅人を中心とした大宰府歌壇の一員であり、笠氏でも身分の高い沙弥満誓（笠朝臣麻呂）の娘であろうと考えるのは、以上の点からであることも付け加えておく。

注

（1）土屋文明『万葉集私注』筑摩書房

（2）佐伯有清編『日本古代氏族事典』雄山閣　一九九四年

（3）久松潜一「笠女郎について」（『明日香』昭和四十五年一月　後に『万葉集と上代文学―上代文学論考第七―』笠間書院に所収）

（4）伊藤博『万葉集釋注』二　集英社　一九九六年

（5）佐佐木幸綱『万葉集の〈われ〉』角川学芸出版　二〇〇七年

（6）服部喜美子『万葉女流歌人の研究』桜楓社　昭和五十九年

（7）伊藤博『万葉集釋注』二　伊藤氏は惑乱期以後「思ふ」が多く出ることを指摘する。

（8）拙稿「第四期万葉人の歌学び―女歌を中心として―」（戸谷高明編『古代文学の思想と表現』新典社　平成十二年）

本文は『新編日本古典文学全集　萬葉集①～④』（小学館）に拠り、適宜改めた。

奥野政元

三浦綾子論

――苦痛の意味について――

　数多くの物語を産み出した三浦綾子の物語方法、その最も特徴的なところはどこにあったのか。その一つの例として、たとえば「泥流地帯」の主人公耕作が、中学校の入学試験に一番で合格しながら、貧しさのために進学を断念する場面をあげてみよう。

　この作品は、一九七六（昭和五一）年一月から九月にかけて「北海道新聞」に連載されたもので、題材は一九二六（大正一五）年五月に起きた十勝岳大噴火の自然災害と、その災害に見舞われるまでの一家族とその周辺の人びとの苦難が中心になっている。耕作の祖父石村市三郎は、故郷福島から夢を持って北海道開拓農民として、上富良野市街から遠く離れた日進部落に入り、三〇年もの長い苛酷な生活に耐え、人にも信頼される存在であったが、こと志に反して自分の土地を持つことができず、未だに小作を続けている。それでも息子の義平が佐枝を嫁に迎え、富、拓一、耕作、良子と四人の孫にも恵まれた頃からは、前途に希望も持ち始めたが、その義平は大正二年二月二一日、冬山造材で木の下になって死に、その二年後に嫁の佐枝を、手職を持たせるという名目（実際は、上富良野で高利貸しと飲食店を営み、悪辣な仕業に明け暮れる、深城の欲望の餌食になるのを避けるため）で、札幌に送り出さざるを得なくなり、妻のキワと幼い孫四人を養うため苦闘している大正六年頃から物語りは始まる。この時拓一は小学校六年生、耕作は三年生であった。耕作は頭も良く成績も抜群であったこともあり、やがて六年生になると、代理教員の菊川は耕作の向学心と素質を見込んで、中学校受験を勧める。その費用に年間百円もかかり、しかも五年間続くと聞かされた耕作は、石でも飲んだような重たい気持ちになって、うなだれる。それを聞いた拓一は、すでに高等科を出て、毎日、学校の沢の奥で伐り出される原木の運搬をしていて、一日二円を稼いでいたが、素早く計算して、次のように言う。

「俺の冬山の稼ぎは、一日二円にはなる。百円といやあ、五十日はたらきゃいい。何とかならんべかなあ、じっちゃん」

「みんな飲まず食わずだば、一日まるまる二円だどもな、馬も餌食うし、……それによ、小作の年貢は半分も取られるべし」

「でもさ、じっちゃん。耕作ば中学校さやったって、みんな飢え死にするわけでもないべさ」

拓一は、ちゃぶ台の上に乗り出して、熱心に頼む。

それだけで、耕作は、充分にありがたかった。

「んだな、飢えるわけでもあんめえな。じゃ、清水の舞台から飛び降りるつもりで、あげてやっか、耕作」

「ほんとか、じっちゃん！」

耕作は信じられなかった。

「ほんとだ耕作」

「ほんとか、ほんとか、じっちゃん」

耕作の声が泣いていた。祖父も拓一も泣いていた。


この時、拓一は十六歳、耕作は十三歳であった。そしてここだけの描写を見ると、苦境に立ち向かうには、あまりにも幼い少年の切実な願いを、家族で支え合う愛の感情に満ちあふれた、涙ぐましくも美しい物語らしく見える。事実、物語は耕作の必死の勉強もあって、旭川中学校入試に見事一番の成績で合格し、一年生から六年生まで全部で五四人しかいない、小さな分教場の小学校全体が、誇らしげに沸きたつ様子が描かれていく。

しかしその直後のある夜、便所に入った耕作は、隣の納屋で、姉とその婚約者で硫黄鉱業所に勤めている武井とが、藁を切る作業をしながら話しているのを聞いてしまう。

「どうしても、駄目かなあ。今年おれと一緒になるのは」

「今年だって、来年だって……中学は五年かかるからね」

「五年？　じゃ富ちゃんは、あと五年も、嫁にならんていうのか」

「だって、中学は五年でしょ」

富の声がくもっている。

「だけどなあ、富ちゃん、あんた、あと五年したら、二十四だよ。今時、二十過ぎて嫁に行くなんて、どこにもいないよ」

「そりゃあそうだけど、でも、しかたないでしょ。じっちゃんだって、ばっちゃんだってだんだん年取ってくるし、わたしと拓一が働かなきゃあ」

耕作は便意もなくなって、その場に只しゃがんでいた。

しばらくひっそりとしている。耕作は、言いようもない思いで、次の言葉を待った。

「若いわたしが働かんきぁ」

「そんなこと言って、富ちゃん、ほんとは俺のこと嫌いになったんじゃないのか」

武井が少し怒ったように言う。

「まあ、ひどいわ隆司さん。あんたが嫌いなら……」

富が涙声になった。

「じゃ、富ちゃんの気持ちには、変りはないんだな」

「そんなこと、聞くまでもないでしょ、隆司さん。わたし隆司さんしか、好きな人いないんだから……」

すねたように言い、

「でもね、隆司さん。好きだからって、好きなもの同士が一緒になれるとは、限らんものねえ」

「そんなことないさ。ほんとに俺が好きなら、決心してくれればいいんだ。耕作のことなんか、放っておいてよ」

小学校六年生の耕作は、身をかたくしながら、うずくまってこれらの会話を聞いてしまう。富との結婚に夢を持つ隆司は、耕作は身勝手だと言い、人間には身分相応ってことがある。それが耕作にはわからんのかな。富ちゃんが嫁に行きそびれて、耕作の犠牲になってもかまわんと思っているのかなとまで言う。それればかりではなくついには、富ちゃんと一緒になれない俺と、耕作と、どっちがかわいそうなんだ？　とつめよって富を泣かせてしまうのである。ここには、恋に夢中になった、自分の思いだけにとらわれた者のエゴイズムがあり、そういう青年がよく使う「人間なんてそんなものだ」という言葉も出る。自分だけ学問受けて、出世し、親兄弟を教育がないといって馬鹿にする。恩なんて着ないものだ。俺はわかってる、人間なんてそんなものだ。と言うのであるが、一方で隆司は、耕作たちの部落よりも遠く山に入った別の部落の一軒家で、父と継母と弟五人とで住む、同じように貧しい境遇の青年でもあった。そして何よりも富は、隆司を慕っていたのである。

二人の会話を聞いた小学六年生の耕作は、中学入学を断念する。しかもその理由を明確にすれば、富の立場が辛くなることを思いやって、腹が痛いと仮病を装い、十日間床から出ずにいて、ついに祖父に言うのである。

「おれ、もう中学に行かない。こんなに勉強遅れたら、追っつけない。一番で入って、何にもできないなんて言われたら、癪だもん」

驚いた祖父は、じっと耕作の顔を見た。何もかも察したような表情が、祖父の顔に浮かんだ時、今までにこらえていた涙が、耕作の目から一度に噴き出した。

「耕作！」

市三郎は耕作の肩を抱いて、その太い指で目頭をおさえた。

「ねえちゃんば、嫁にやって」

そう言った時、市三郎は両手で耕作をしっかりと抱きしめた。

小学校を卒業したばかりといえば、まだ数えの一四歳ぐらいで、少年だと言ってもよいであろう。そのような年齢で、理不尽にも耕作はこの世の壁に突き当たり、運命の陥穽に押し込まれてしまう。

にもかかわらず耕作は、この過酷な運命に、自暴自棄になって反抗したり、怨念を内に蔵したりすることなく、けなげに必死で耐えていくのである。この点が、三浦綾子の物語り、その手法の核心にある大きな特色である。少年少女期にある無防備で弱い存在が、この世の運命的な陥穽に突き落とされて味わわされる苦難、この理不尽な苦境を題材として描く物語は、古今東西、多くの作家が取り上げ、語り続けたものであり、日本の物語作家も、よく描き、またそれが社会的にも大きな反響を呼んで、読まれることもある。その場合、この耕作と同じような境遇を題材にして物語を構想すれば、どのような方向で筋が展開されていくであろうか。たとえば松本清張の場合は、どうであろう。おそらくこの後の耕作の人生に、重大な社会的犯罪が形成されていく方向が、見えるのではないか。また大佛次郎であれば、近代的最先端の武器を手にしたリベラリストでもある、鞍馬天狗のような理解者が出現して、耕作を助け、彼らの前に波瀾万丈の冒険物語が展開されるであろうし、司馬遼太郎であれば、この運命を逆手にとって、やがては十勝岳噴火後の北海道復興のリーダーとして大成していく、時代のヒーローが描かれるかも知れないし、あるいは吉川英治であれば、宮本武蔵のような人格と武芸の大成者として、自ら刻苦勉励を努める人物へと、上りつめる過程が語られるかも知れない。しかし三浦綾子が紡ぎ出す物語の綾、文様には、それら諸作家のものとは、ずいぶん違ったものが見られる。たとえばこの「泥流地帯」であるが、耕作は高等小学校に入り、そこを出ると、代用教員となって教員の資格試験の準備もする一方、深城の娘節子が、父親に反抗しながら耕作に思いを寄せるようになる。また耕作の同級生で、同じ部落に住む曾山福子は、日頃はおとなしいが、酒が入ると、博打に夢中になり、乱れる父の借金のため、深城が営む深雪楼に売られてしまい、子供の頃からその福子を慕っていた耕作の兄拓一は、福子を取り戻そうと心に誓って働く。さらに中学校を断念した耕作の密かな願いは、姉富の結婚となって実現するが、その富も武井の継母にいじめ抜かれて、今まで以上の苦しみを味わわされることになる。つまり物語は、光明に満ちた明るさを示すどころか、いっそう悲惨に、また複雑に展開するのであり、状況が改善する要因は見いだしがたい。それでも幼い小学生の教育に全身全霊を捧げ、日々の農作業や労苦に努め励みながら、母の帰りを待つ石村一家の結束は堅く、苦難の内にも将来への希望を失わない姿が描かれるが、最後にそうした人間の営みそのものを根底から、しかも一瞬にして押しつぶす十勝岳噴火に、見舞われるのである。

この十勝岳噴火は、五月二四日に起こったもので、五月に入って小さな噴火はあったものの、測候所の避難命令もなく、山鳴りや小噴火がよく続いたため、かえって人々がそれに慣れてしまったときに起こった。大音響に驚いた拓一と耕作は、市三郎に言われて雨の中、高台に登って十勝岳の方を見るが、雲が低く垂れ込めて、山は見えない。そこに雷鳴とも地鳴りともつかぬ異様な音響が腹に響くが、それが山津波だとは、目に見るまではわからない。外へ出た二人は、「まあ、大丈夫だなあ」といって学校や菊川先生の噂をしているとき、学校の沢の入り口に、真っ黒い小山のようなものが押し寄せてくるのを目撃して、初めて驚くのである。高台にいた二人の目の前を、丈余の泥流が、釜の中の湯のように沸り、躍り、狂い、山裾の木を根こそぎ抉る。バリバリと音を立てて、木々が次々に濁流の中に落ち込んでいく。樹皮も枝も剥がしとられた何百何千の木が、とんぼ返りを打って上から流されてくる。と、瞬間に泥流は二丈三丈とせり上がって山合を埋め尽くす。家が流れる。馬が流れる。鶏が流れる。人が浮き沈む。

一キロ前方に山津波を見てから、僅かに三分とは経っていなかった。拓一は合羽を脱いで、「耕作、おれは助けに行くっ！」「死んでもいいいっ！　耕作、お前は母ちゃんに孝行せっ！」と叫んで、泥流に飛び込んでいった。この噴火による泥流は上富良野にまで達し、死者、行方不明者一四四名を出したという。結局石村家では、祖父母と良子が死に、拓一は奇跡的に助かったが、継母の仕打ちに耐えられなくなって、夫のいた硫黄山で働いていた姉の富も死んだので、石村家では拓一と耕作のみが生き残ったことになる。その富をいじめ抜いた、冷たい継母は助かったばかりか、死んだ富に下るお上のお金が、百円になるかと計算したり、自分たち助かったもんは、よっぽど心がけがいいいんだね、太陽さんはちゃんと見てござるもんね、と嘯く。

物語の大筋を、このようにして改めてたどり直してみると、この作品の物語としての構造や手法上の特色が、よく浮き上がってくるであろう。ここには、己の夢や望みを実現させるために、あらゆる困難苦境を乗り越え闘い、努力の限りを尽くした上で、成功を収めた達成感のうちに幕を閉じる痛快さはない。また善人が苦しみ悪人が栄える社会の不条理を、それぞれに元に戻して報いる、倫理道徳の再確認という安心感もない。いやむしろそうした人間の善意や誠実な努力そのものを、根底から崩し去っていく、自然災害の不条理が際だってくるのであり、人物としてのヒーローやヒロインも、無に帰せしめる自然の脅威が、前面に大きく立ちふさがるのであって、こうした物語の主人公があるとすれば、それは、この自然災害でもある、十勝岳大噴火であったとさえいえるのではないか。山津波は、善人も悪人も等しく押し流していくのであり、また同時に、善人も助けるが、悪人も生き残るのである。ではこのような世の不条理と、自然のより強大な不条理の物語を、形象していく作家のモチーフとは、どこにあったのであろうか。人間の誠実でまじめな努力や、切実な願いの一切を、空しいとする虚無的達観に貫かれた熱情であろうか。しかしそれにしては、北海道の荒涼とした自然の中で、善意と純真さだけを持つ年寄りと子供を中心とする家族が、開拓農業に携わり、社会悪や人間悪、さらには自然の脅威に翻弄されながらも、けなげに生きる姿には、涙ぐましいものがある。この美しい人々が、何の報われることもなく押しつぶされるストーリーを、営々と書き続けて倦まない作家の情熱の所在を、改めて問いかけてみたいのである。つまり物語を紡ぎ出す人間の根源にある情熱、そこにはどのような要因が見られるのか。先ほど私は、小学生のまだ無垢な少年が、不条理な外的条件の中で願いを断念する描写をあげて、他の作家たちのストーリー展開例を出してみたとき、気づかれた方もあると思うが、それらはすべて男性作家であった。そこに展開された例には、社会悪や不条理に圧殺された人間が、立ち上がってやがて社会に復讐していく、ルサンチマンの解放にも似た快感が見られるであろう。また架空のヒーローが、幕末から維新にかけて、実在した人物に交わり、歴史の動向に関わりながら命がけの冒険を繰り広げては、歴史も動かすという達成感も見られるなど、ある価値を生み出す人間行為の完成や成就が、歴史に実現する幸福感に満ちてさえいる。そうした物語の与える開放感なり幸福感が、作家のモチーフの根底には見えるのであるが、三浦綾子のモチーフは、それらの男性作家のものとは異なっている。今あげた男性作家のモチーフ、つまり開放感や幸福感の根底には、一種の権力意志的なものの発現が窺われるのであって、それらの作品が多くの大衆に受け入れられるのも、こうした大衆の権力意志に応えるものでもあったからである。しかし三浦綾子の場合には、この権力意志的な要素はあまり見られない。権力意志とは、力への意志でもあって、ニーチェ哲学の根本概念で、単なる生存闘争を超えた、人間存在の本質であり、根本衝動でもあるとされる。ニーチェは周知のように、最も激しくキリスト教に対抗し、死に至るまで従順であったイエス・キリストの受動性に対して、能動的攻撃的な強者としての超人を説いた。生きるとは、戦うことであり、他を征服し、同化し、どこまでも強大になろうとする男性的論理に貫かれている特色が、そこにはよく示されている。これに対して三浦綾子が創造した人物像の多くは、この世の不条理や社会の壁や自然の脅威などの外的状況に、抵抗したり闘ったりする充分な能力を持ち得ない人々が、それらに引きずり回される過酷さの中に立ち現れてくるもので、必然的に外的状況を受容する受け身の特色を持ってくる。そのようなところに、女性的受容の底深さがあるとも指摘できるであろう。たとえば他の物語作家の例をあげれば、「地唄」や「紀の川」を書いた有吉佐和子の特色に通じるものが見られる。そこでは個々の人間の願いに基づく努力や営為の切実さと、切実さに対立して超然と聳える伝統や自然の力との対比が正面に描かれ、それらの力に反抗し闘い、いかに争っても、最後はそれらの力に従わざるを得ない人間と、外なる力との関係交渉がテーマとなっている。「紀の川」の主人公は、まさにそうした自然の悠久の流れそのものでもある紀の川でもあって、人間的論理や倫理や思想の一切を、突き放して見つめる外界の力でもあろう。その力に従順になり得た者のみが、人間の存在意味の秘密を知っていくのであり、そうした生存の条件を受容し得るのは、人間の作り上げた思慮や計算に基づく観念的営みではなく、肉体の基本的条件のうちに、より深く自然を受け入れている女性的なものでもあろう。祖母から母、そして娘へと受け継がれるものは、こうした自然や伝統の力と恵みでもあった。

ただ三浦綾子は、こうした厳しい外的状況を受容するしかない人間を物語って、単純に信頼したり、その条件に従うところに、人間の理想像を描いたりしたわけではない。むしろ厳しい外的状況が、主人公たちに与える苦痛や苦しみのリアリティ、そのリアリティを再現するために、どこまでもそこにとどまって、営々と物語を紡ぎ出すのであり、ここに三浦の物語方法の究極の特色がある。つまり苦痛や苦悩を受容し続けることの中に生じるリアリティに、三浦に固有な生存の根拠、価値観に貫かれた意志の発現が、見られるのである。たとえば「泥流地帯」の結末で、生き残った耕作は、「なあ、兄ちゃん、まじめに生きている者が、どうしてひどい目にあって死ぬんだべな」と兄拓一に繰り返し、次のように言う。

「こんなむごたらしい死に方をするなんて…まじめに生きていても、馬鹿臭いようなもんだな」

「…そうか、馬鹿臭いか」

拓一はじっと耕作を見て、

「おれはな耕作、あのまま泥流の中でおれが死んだとしても、馬鹿臭かったとは思わんぞ。もう一度生まれ変わったとしても、おれはやっぱりまじめに生きるつもりだぞ」

この拓一の言葉に、作者の意志発現の所在も窺えよう。

しかし苦痛の再現を物語のモチーフとするようなことは、倒錯者の喜び、あるいは他者の共感を得られない独善的独りよがりとしかいえないところもあって、三浦のこうした意志発現の根拠に、異常なものが見いだせると考えられるかも知れない。ここにはおそらく、作家三浦が現実に経験した、敗戦直後から一三年にも及んだ長い精神的苦悩と、それに直結した肉体的苦痛、その後に受洗に至った事実に関わる問題があるのであろう。言うまでもなく、それはキリスト教信仰の本質的課題でもある。因みに、同じ問題は、今一人のキリスト教作家遠藤周作の「沈黙」にも窺われるもので、主人公ロドリゴが、過酷な宗教弾圧のもと、受けた精神的肉体的苦痛のはてに、踏み絵に足をかけた背教の罪の行為と、その後、彼に甦ったイエスの赦しを感じる喜びの描写が、母子相姦の快感にも通じる、倒錯者のそれであると指摘されたことがあった。そして遠藤もまた、少年時に受けた洗礼へのこだわりと、肺結核による死を前にした長い苦痛の経験を受容し続けていた。両者に共通するのは、決して短くはない苦悩や苦痛、しかもその苦痛は、肉体的感覚に根ざす個別的で独自でしかも絶対的なものであったことで、それ故にその確かさは、他人には理解できないが、自分にとっては根源の感覚的事実でもあったということである。これが彼らの作品創造のモチーフを支える根源にある感覚でもあって、それは道徳や倫理に支えられた思想を根拠にすることとは違った、しかもそれらと同等の確かさに支えられた情熱を生み出しているのである。

苦痛がこうした情熱を形成するに至る必然性といったもの、その内実はどのようなものであろうか。たとえばアレントは、近代の快楽主義が、快楽をすべての人間活動の究極的目的にしようとしながら、結局、快楽ではなくて苦痛が、その真の導き手であったことが判明したと述べている。彼女は「人間の条件」(一九五八年出版、日本語訳は志水速雄によって一九七三年五月に中央公論社より刊行されたが、ここでは一九九四年一〇月に出版された、ちくま学芸文庫本による)において、人間の条件の最も基本的要素を、「私たちがおこなっていること」つまり人間存在の範囲内にあるいくつかの活動力に注目し、古代から近代に至る人間の能力が生み出した、社会的政治的状況に見られる価値のヒエラルキーの変遷を、興味深く展開している。このうち近代初頭では、生産性と創造性が人間の活動能力でも最高の理想となったが、それは建設者、制作者としての人間である〈工作人〉の標準でもあったと言い、その〈工作人〉の世界観の本質とは、有用性の原理にあったが、効用や使用の価値とは、生産過程の手段でもあって、それが生産そのものの最終目的とはなり得ないものである限り、第一義的価値を持ち得なくなる敗北の必然性もあったと言う。しかもなお功利主義的原理を維持して、それを生産過程に結びつけようとすれば、今や生産性を刺激することを助け、苦痛や努力を和らげるものが有用ということになり、尺度の最終的標準は効用や使用ではなく、「幸福」であり、物の生産や消費の中で経験される苦痛と快楽の総計となる。近代の功利主義者として有名なベンサムは「苦痛と快楽の計算」を発明して、快楽の総計から苦痛を差し引いたものが、「幸福」だとしたのである。しかしこの近代的快楽主義にも似通う快楽追求の原理は、哲学的に問題でもあって、快楽主義の原理は、快楽ではなくて、苦痛の回避であると、アレントは指摘した上で、快楽をすべての人間活動の究極的目的にしようとすると、快楽ではなくて苦痛が、真の導き手であり、快楽主義の究極的基盤が苦痛の経験にあると述べる。なぜ苦痛を避けようとするのか。人はこれに決して答えることはできない。

これに答えられない理由は、苦痛だけが他の対象から完全に独立しており、苦痛にある人だけが本当にただ自分だけを感じるからである。快楽とは、それ自身を楽しむ物ではなく、それ以外の何かを楽しむものである。ところが苦痛は内省によって発見された唯一の内部感覚であって、経験される対象と無関係であるという点では、論理的で算術的な推理の自明の確かさに匹敵する。（前掲書、四八四頁）

アレントがここで言及した苦痛の単独性、固有性と客観的自明の確実性は、苦痛に内在する人間的課題をかなり明瞭に浮き上がらせている。改めて考えてみると、いつの世にも繰り返し言及される幸福論の説法も、そのすべての根拠は、この苦痛の固有性と確実性にあるともいえよう。ただ苦痛を回避し、幸福を求めんとする快楽主義は、古代と近代ではまったく異なっているとも、アレントは述べる。古代の場合、あり得る苦痛を避けるため、人間は自己内部の安全な領域へ引きこもる衝動に突き動かされたが、そこには世界に対する深い不信があり、世界疎外の前提があった。これに対して、近代の世界疎外は、人間そのものに対する同じような深い不信にも支えられていたという。

これらの思想（近代のピューリタニズムに始まって、感覚論やベンサムの快楽主義に至る。・引用者注）は、人間感覚はリアリティを正しく受け入れることができず、人間理性は真理を正しく受け入れることができないだろうという懐疑に突き動かされ、したがって人間本姓は欠陥があるどころか堕落さえしているという確信に突き動かされていた。この堕落は、もちろん原罪の観点から解釈された。しかし、その起源や内容からいって、キリスト教的なものでも、聖書的なものでもない。（前掲書、四八四〜四八五頁）

人間の〈活動的生活〉に見られる価値基準の古代から近代への変遷をめぐって、アレントは敢えてキリスト教的なものを一義的には否定して、歴史事実に即しようとしているが、それらがキリスト教的教説にも収まり得るところに、逆に西欧社会におけるキリスト教的発想の根深さを証明しているようでもある。それどころか、これらの近代の最終的理想価値として、次に見いだされたものが、有機体生命発展のイメージにも支えられた「生命」であったとし、人間の個の生命の不死を説くキリスト教的「福音」が、人間と世界の間の古代的関係を転倒させ、それまで宇宙が占めていた不死の地位に、最も可死的なものである人間の生命を押し上げたとする彼女の結論にも、西欧の歴史そのものが、キリスト教社会の構造内部に深く根ざすものであったことを、改めて思い起こさせるものがある。

以上、少し長くアレントの言説に関わってみたのは、苦痛という肉体に直結する感覚経験が「他人と共通性のない、他人に伝達できない」「世界から自立した完全に私的なもの」であり、いわば世界喪失にも似た無世界性の経験でもあることに注目したいからである。しかもそれが、生物としての肉体的条件に根ざす感覚であるというとき、人間の理性や知性によって作り出された世界や社会や歴史とも無縁に、それは人間がいつも向き合わねばならない人間存在の永遠にして根本的な条件でもあるということである。この条件の特異性は、こうした苦痛を感じないときにのみ、私の肉体感覚は、正常に機能し、その感覚に与えられるものを受け取り、世界を経験し得るということを考えてみたときに、より明確になる。この意味で、苦痛の感覚とは、人間の歴史を超えた超越性と絶対的な個別性とを、ともに持つといえよう。そして苦痛の経験がそのようなものであるとすれば、それに付随して起こる苦痛からの解放の経験も、世界のものの経験を一切排除している唯一の感覚経験でもあることになる。このような無世界性の経験に厳密に対応している唯一の活動力が、労働（彼女の定義では、Labor、つまり生命維持に関わる生物的過程の活動）であって、それは自己の生命の維持再生産にかかわるが、同時に苦痛の経験でもある。そのことは労働に相当する西欧語が、苦痛とか困難という明白な意味をもっているところに明らかだとアレントも指摘する。また一方、人間としての種の生命維持、再生産では出産の苦痛経験がある。「この生命過程と結びついた二重の苦痛を表現するには、たった一つの言葉しかなく、しかも聖書によれば、この苦痛はすべての人間の生命に押しつけられたものである。」（前掲書、一七三頁）と彼女が述べるとき、この一つの言葉とは、旧約聖書の創世記に述べられたアダムとエバの犯した罪、すなわち原罪を意味するのであろう。神はエバに「お前は苦しんで子を産む」と言い、アダムには「お前は顔に汗を流してパンを得る」と言って、エデンの園から追放したのである。

アレントが言及した苦痛についての無世界性の経験は、このようにしてキリスト教でいう人間の原罪解釈にも通じ得るものともなる。苦痛とは、文字通り苦しみと痛みの感覚である。そこからの解放を求めようとする人間のあらゆる精神的努力は、宗教や哲学や芸術の営みとなって現れたが、それは常に人間を世界から解放しようとする方向で貫かれてもいたのである。しかしその実感が、苦痛からの解放に完全に見合うものとなることは、ほとんどあり得ない。苦痛の経験が無世界性の経験であると言うことの真の意味が、そこにあるのであろう。言葉を換えて言えば、苦痛からの解放は、苦痛の経験に見合う経験として、苦痛そのものに内在しているということでもある。苦痛の経験とは、激烈なものであればあるほど、基本的に理不尽なものである。同じように苦痛からの解放も、理不尽で不条理なものでもあろう。これを人間の側から説明するには、ある神を創造する以外にはないともアレントは述べるが、こうした神創造の真理性や信憑性は、苦痛経験の渦中にある者にとっては、実は二義的な問題であることも否定できないであろう。

三浦綾子がその物語を紡ぎ出すにあたって、人間の理不尽な苦しみや痛みにこだわって、営々と形象し続ける背景にあるものは、自らの一三年にも及ぶ、苦しみと痛みの経験の中で、苦痛の経験と解放感の繰り返し押し寄せる実感を通して、神創造というならば、そう言ってもよい超越的な者の存在感に行き着いたかけがえのない経験であった。その詳しい経緯は、「道ありき」三部作に描かれている。そこには女学校を出た一七歳の時から、軍国主義教育に真面目に熱心に取り組みながら、敗戦による一八〇度の転換に耐えきれなくなった精神の苦痛と絶望、その後の結核による肉体上の苦痛から叙述されている。苦痛とは、外から我が身に押し寄せる受動的経験でもある。それは彼女の願いや希望や意識さえとも関わりなく、突然身に降りかかってくるものであった。ところが、この自伝の内容を貫いているのは、もちろんそれが後からの回想であるという点もあるが、こうした受苦の体験を、むしろ積極的能動的に味わい尽くそうとする情熱でもある。受動的な苦痛の経験が、能動的な情熱と一つになっているこの事情の全体は、日本語としては不可思議なものと思われるかも知れないが、西欧語では同じ一つの言葉として、生成、発達、展開されているのであり、そこにはキリスト教思想が深く関わっている。その言葉とは、ギリシア語ではパトス、ラテン語ではパッシオーと言い、今日の英語で言えば、パッシオンにあたるものである。この言葉のヨーロッパにおける語義変遷について、ロマンス語文献学者のエーリッヒ・アウエルバッハは、詳しい調査と考察をしている。まずかれは、古代から長らく、この言葉（パッシオー）は語義通りもっぱら「受動的」な意味であったが、パッシオンという近代の観念は本質的に能動的であることに注目し、これが受動から能動に移りゆく契機の一つに、アリストテレス主義の弁証法を受け入れた中世トマス主義の動向があると言い、次のように述べる。

アリストテレス主義の弁証法には、パトス概念の能動化へ向かうある種の可能性が潜んでいた。つまり苦しみに襲われる者は、能動的に働きかけてくるものに対し展開の状態、可能態にあって、働きかけを受け入れる準備が整っており、働きかけるものの作用によって働かされたり、変えられたりする。つまり苦しみに襲われるものは運動をするのであり、この運動のこともパトスと呼ばれる。したがって心のパトスは、たちまち心の動き、キネーシス・テース・プシュケースに、ラテン語でいえばモートゥス・アニミー」となるのである。(岡部仁、松田治訳「情熱としてのパッシオー」「世界文学の文献学」所収、みすず書房、一九九八、九。二一七頁)

ところが、パッシオーとは激情でもある限り、ストア派からは、理性(ラティオ)に対立する心の動揺と捉えられて、否定すべきものとされたが、アウグスティヌスは、むしろストア派の思想に対して「善きパッシオーネス」を認めている。ストア派の倫理とキリスト教の倫理には、交差混淆したものが見られるが、遁世の考えには深い違いがあると、アウエルバッハは言う。

世界の外に出て情熱をもたぬという零点ではなく、世界の中での、ひいては世界にあらがっての対立の受苦、情熱的受苦、それがキリスト教的厭世の目標なのである。(前掲書、二一九頁)

そればかりか、アンブロシウスの書簡には、情熱の栄光(グローリア・パッシオーネス)という言葉もあって、それは全く新しい前代未聞のもの、すなわち灼熱の神の愛から発する栄光のパッシオーネスという概念を生み出すに至るという。それは殉教者が処刑されるときに叫ぶ言葉として記し残されているそうであるが、キリストの受難というテーマそのものについては、「十二世紀のキリスト教再興以降、つまり人間となったキリストという面が栄光の王の輝きを上まわりはじめて以降、この受難のテーマが頻繁に見られるようになる。」（同前）と指摘している。そしてアッシジのフランチェスコの身に生じた聖痕の奇跡の影響が、受難と受難神秘思想を具体的に際だたせることになったと言い、こうした神秘思想の文典例を引きながら、「受苦」と「情熱」の双方を求める努力が強調され、ストア派の観念とは全く対蹠的に、パッシオーが賞賛されたと述べる。

アッシジの聖フランチェスコの生涯によって、しかも彼が聖痕を受けたことによって、情熱と受苦の合一が具体的に実現する。つまりこの両者が、神秘的にそれぞれ相互へ飛び移るのである。愛の情熱は、苦しみながらも「忘我」へ、そしてキリストとの合一へと向かう。パッシオーをもたぬ者は、恩寵も得られない。苦しみを共にしながら救済者のパッシオーに身を委ねることをしない者は、心を硬直させたまま、「心の硬直」のまま、生きていることになる。（前掲書、二四頁）

このようにして、苦痛と苦しみは、その最も対極的な愛の恍惚と合一するのであり、神が人間に下した原罪は、同時に神の恩寵の最大の根拠ともなるのであるが、神は人間の魂にとってはあまりにも強すぎる故に、神の愛は超越的な諸力の高みから人間に下される輝かしい贈り物、あるいはおそろしい贈り物として受け入れられ、耐え忍ばれる以外にはないものであった。これが一六世紀頃から、恋の情熱をも表すことになり、同時に「野望」や「名誉」など自己愛と自己主張のことも表し、さらに一七世紀フランスでは「壮大な人間の欲望」を意味するに至って、この語（パッシオン）の近代的能動性の意味が固定してきたと彼は述べている。

受難や愛の恍惚をめぐる、こうしたキリスト教思想に根付く言葉の変遷を眺めてみると、キリスト教的な愛の単純な理想化が、近代以降の日本の思想に、いかに大きな誤解を生み出していたかに、改めて気づかされるであろう。もともと受難という言葉も、受苦受難として言われる場合は、災害や苦痛に襲われる避けるべきことであり、忌み嫌われる消極的、いやむしろ否定的な意味で使われたのであって、それを積極的に求めたり、その苦痛のうちに愛の恍惚にも至るような契機を見いだすことは、異常なことでもあるというのが、日本人の常識でもあろう。ところが三浦綾子がその物語りを紡ぎ出す世界とは、キリスト教的な愛という、漠然とした幸福に満ちた理想世界のものではなく、むしろ避け得ない苦痛の中で、耐え続けるしかない人間の現実であり、その現実のうちに示される神の意志を、自分の思いを超えて受容する従順さに貫かれている過酷ともいえる状況である。そこでは善人の誠実な努力も空しいが、同時に、また興味深いことに、悪人の悪辣さということも空しいといった世界が紡ぎ出されている。たとえばこの「泥流地帯」に登場する悪人と言うことでいえば、深城鎌治一人ぐらいであるが、佐枝を手込めにしようとしたり、貧しい曾山に金を貸して酒を飲ませ博打を打たせては、借金のかたに娘福子を買い取るなどの悪行に明け暮れるが、市三郎は彼に対して堂々と、ものに動じない気魄で対抗していて、その限りでは拓一や耕作にも負わされていた人間的環境の枠に収まりきっているのである。人間的環境の枠に収まるとは、奇妙な言い方であるかも知れないが、善意に基づく行為にしろ、悪意に基づく行為にしろ、人間のなす行為には、どこまでも人間としての限界があり、神の目から見れば、平等でもあるということで、こうした超越的な目を意識し続けるところに、苦痛と、またそれに伴うパッシオー（情熱）の発動する契機もあるというのが、三浦作品の特色であったといえるであろう。

村中李衣

二人の童話作家
――あまんきみこと安房直子――

現代における「童話作家」の位置づけ

現代児童文学の出発点を童話伝統からの決別に置くことは、日本の児童文学の流れの中で誰もが認めている。古田足日は、小川未明に始まる日本の近代童話を「未分化の児童文学」であるとともに「擬似児童文学」であるとし、「近代人の心によみがえった呪術・呪文とその堕落としての自己満足である」と非難した。(1) そして、ここから小説的手法による子ども読者とダイナミックに関わる作品の創出がめざされるようになった。

しかし、今日に至るまで、童話の正確な概念規定・内容規定については不十分である。単純に幼年対象の読み物を「幼年童話」と呼ぶ場合もあれば、童話伝統批判の流れを受け、外部の事象のもつ個別的な条件を切り落して別世界を構成する象徴化された世界ゆえに、リアルな像が結びにくく現実のリアルな状況に拮抗する力が弱いことを指摘するために、否定的なニュアンスで「童話の域を出ない」というように表現される場合もある。

畠山兆子は、こうしたさまざまな童話の見方を踏まえた上で、童話とは「象徴的表現手法で描かれたおとなにも子どもにも楽しめる空想物語」としており(2)、これが今日もっともオーソドックスな捉え方であろう。今回論者が用いる「童話」という言葉も、この考え方に沿っている。

いずれにせよ、日本の児童文学が戦後リアリズム傾向を強め、物語の展開の中で人物を成長させつつテーマを語ることに軸足を移して以降、対象を幼児と限定せず、象徴的表現手法を用いながらおとなにも子どもにも楽しめる完成度の高い作品を発表し続けている作家は非常に少ない。女性作家となるとなおさらのことである。そんな中でも、あまんきみこと安房直子のふたりは、際立った足跡を残している。

今回は、ふたりの代表的な短編をとりあげ、その表現と構成の関係を詳しくみていくことで、あくまで「童話」としてどのような意味をもつのかを考えてみたい。

あまんきみこと安房直子

あまんきみこは、一九三一年、旧満州の撫順市に生まれた。比較的裕福な家に育ち、大阪の高校を卒業して結婚。ところが、子どもが幼稚園に通うようになって勉学の意欲にかられ、日本女子大学家政学部児童学科の通信制に通うようになる。ここで、詩人与田準一に師事したことがきっかけで、童話を書きはじめる。大学卒業後坪田譲治主宰の「びわの実学校」の同人となり、同誌に発表し続けた作品を集めた短編集『車のいろは空のいろ』（ポプラ社、一九八六）で、第一回日本児童文学者協会新人賞、第六回野間児童文芸推奨作品賞を受賞する。本稿で取り上げる「白いぼうし」も、この『車のいろは空のいろ』所収の一編である。

安房直子は、一九四三年、東京生まれ。養女として育ち、サラリーマンであった父親の転勤により各地を転々とする。日本女子大学国文科在学中に、山室静氏に師事、同大学同人誌「海賊」に創刊号から作品を発表。日本女子大学児童学科発行の機関誌「目白児童文学」にも作品を発表し続け、「きつねの窓」もこの「目白児童文学」が初出である。「きつねの窓」所収の『風と木の歌』（実業之日本社　一九七二）で、小学館文学賞を受賞。

蛇足ながら論者もあまんきみこ、安房直子と同じ日本女子大学の大学院で児童文学を学び、与田準一、山室静に続いて児童文学を担当した安藤美紀夫氏に師事した。また「目白児童文学」にも「びわの実学校」にも作品を発表させてもらった。少なからぬ縁を感じる。

二人の作家が初期のファンタジー作品の発表を通して幼い読者のみならず、同人誌を最初の作品発表の場に選んだことで、当時児童文学を学ぶ若い人たちにリアルタイムで投げかけた事の意味も含め、作品分析を試みていきたい。

「白いぼうし」を読む

あまんきみこの「白いぼうし」は、光村図書出版の小学校国語教科書に、昭和四六年度版より継続して掲載されている。昭和四六年度版~昭和四九年度版に至るまでは、五年生上巻に、昭和五二年度版から現行の平成二三年度版に至るまでは、四年生上巻への掲載である。

田舎から送られてきた夏ミカンを後部座席に乗せて走るタクシー運転手松井さんは、白いワイシャツ姿の紳士を大通りから細い裏通りへと曲がったところで降ろし、アクセルを踏もうとして車道の脇に落ちている小さくて白い帽子を見つける。車を降りてその帽子に手をかけたことで、中にいたモンシロチョウをうっかり逃がしてしまう。おわびに白い帽子の中に夏ミカンを置いてタクシーに戻ってみると、不思議な少女が後部座席に乗っており、少女のために菜の花横丁まで車を走らせるというのが、およそのあらすじである。

本作品の中にちりばめられている色彩や対立の構図を見ていくと、あまんのファンタジーが、現実に向けた深いまなざしと批判精神によって成立していることが浮き彫りになってくる。

まずは、作品中に出てくる色のもたらす意味に注目してみよう。

作品の冒頭部分は、

「これは、レモンのにおいですか?」

「いいえ、夏みかんですよ」

という、運転手松井さんと客のやりとりで始まる。

レモンと夏みかん、共に鮮やかな黄色をイメージさせるが、レモンは、大通りの「ほりばた」で載せたワイシャツ姿の紳士がその匂いから連想したものであるのに対し、夏みかんは、松井さんの田舎に住む母親が速達で送ってくれたもの。ここには、都会と田舎の対比がはっきり見える。

そしてこの時、タクシーの走っている大通りの「シグナルは赤」

松井さんと客は「白いワイシャツ」のそでをたくしあげている。

「シグナルが青」に変わる。

アクセルを踏み込もうとした時、「緑がゆれている」ヤナギの下に小さな「白いぼうし」が落ちているのに気づく。

ぼうしをつまみあげると、中から「モンシロチョウ」が飛び出してくる。

よくみると、ぼうしには、「赤いししゅう糸」で、男の子の名前の小さな縫いとりがある。

逃がしてしまったモンシロチョウのかわりに、「あったかい日の光をそのまま染め上げたような、みごとな色」の夏みかんをぼうしの中に入れる。

タクシーに戻った松井さんを、いつもまにか後部座席に座っていたおかっぱ頭の女の子が待ち構えていて「菜の花横丁」へ行ってほしいとつげる。

松井さんは「菜の花橋」のことか？　と問いただす。

やがて「水色の新しい虫とりあみ」を抱えた男の子がやってくる。

小さな団地の前の小さな野原で車を止めると、「白いチョウ」がたくさん飛んでいて、「クローバーが青々と広がり」、「わた毛と黄色の花のまざったタンポポ」が、てんてんの模様になって咲いていた。

「空色の車」の中には、まだかすかに、「夏みかん」のにおいが残っていた。

以上、カギ括弧で示した部分は、作品中の色彩イメージを与える表現でもある。

改めてながめてみると、黄色・白・赤という三つの色が際立っている。

レモン、夏みかん、菜の花、タンポポの黄色。ワイシャツ、ぼうし、モンシロチョウ、綿毛の白。そして、シグナル、縫いとり糸の赤。

男の子に捕獲されぼうしの中に閉じ込められていたモンシロチョウの広い空へ解き放たれていく喜び。ラスト部分、黄色い花の咲きみだれる野原を飛び交うチョウたちの群れから聞こえてきた「シャボン玉のはじけるような、小さな小さな声」、

「よかったね」
「よかったよ」
「よかったね」
「よかったよ」

を、束縛からの自由を謳った声であると読みとるならば、「黄色」には、自由や生命の躍動が託されているように思える。

一方、帽子の赤い縫いとりは、「たけ山ようちえん　たけのたけお」にせよ、「たけ」という音の連なりが3回。

「たけ」はひらがなで記されているが、漢字をあてがうとすれば、「竹」「武」「威」「猛」、いずれにせよ、男性原理を象徴する強いイメージがある。

あまんきみこは、父親が満州鉄道の社員であったため、少女時代を大連で過ごし、敗戦も大連で迎える。彼女は小松善之助との対談の中で次のように語っている。(3)

「私が生まれ育った旧満州というのは、日本が中国につくった傀儡の国家だったわけですから、街の日向の部分に日本人が暮らしていたわけですね。そして、中国の人たちはみな日陰の部分に押しやっていました。で、戦争というものとそういう自分自身の存在そのものの罪悪感が、私の作品の根元にあると思います。」

チョウを虫取り網でつかまえ、母親にみせるためぼうしの中に閉じ込めておくという少年の行為は、幼い者の無邪気な衝動とやり過ごすこともできるが、あまんにとっては、無力で抗う事のできないものへの侵略の痛みに重なっているのではないか。その侵略の痛みが「赤の縫いとり」となって、「白いぼうし」にくっきりと浮かび上がっているように思う。

また、白いチョウの舞う黄色い野原とその後ろにある小さな団地、これを戦後、焼野原からの復興のきざしを持った場所と考えれば、奪われた無垢なるいのちへの鎮魂と未来に託す祈りの景色にも見えてくる。

こうやって作品に表わされた色の意味を考えていくと、「水色」「空色」がどんなあまんの思いを託したものかが気になってくる。
思えば、「白いぼうし」は、松井さんというタクシー運転手を主人公にした連作短編集の中の一編で、所収された本のタイトルは『車のいろは空のいろ』である。タイトルにまでなっている「空の色」、主人公松井さんのタクシーに付与された「水色」は、どんな意味を持つのか？
もう少し別の角度から考察を進めていこう。
この作品には、色彩による象徴的な対比と絡めて、あるいはそれ以外にも、象徴的な対立構造がわかりやすい形でいくつも用意されている。
レモンに託された都会という場所と夏みかんに託された田舎という場所
捕獲に熱心な男の子と、チョウの化身のようないたいけな女の子
チョウが迷い込んだ故に捕まった四角い建物ばかりの場所と、菜の花横丁
小さな団地とその団地の前の小さな野原
小さなぼうしの扱いに逡巡している松井さんと、その横をじろじろ見ながら通り過ぎる、太ったおまわりさん
あまんが、こうした二極のどちら側に価値を置こうとしているのかは、非常にわかりやすい。ファンタジーのベールに包まれたやわらかな表現を借りながらも、権力や近代化、男性原理の社会への問いかけが、幼い読者に向けて、率直になされている。

恐らく、タクシーの「空色」はそうした矛盾や憤りやまたみずみずしい生命への讃歌や祈りやらを選り分けることなくありのままに映し出す世界全体の象徴なのだろう。

あまんは、次のように自身の創作のありようを語っている。(4)

「書きたいことを、上から書き下から書き、右から書き左から書き、遠くから書き近くから書き、過去・現在・未来から書き、大人の目で書き子どもの目で書いては捨てています。捨てて捨てているうちにむこうからつき動かされるように、たった一つの作品が生まれてきます。いえ、かならず生まれるわけではなく、すべてを埋葬することも屢屢です。」

あまんが、ファンタジーという手法を借りながら、効果的な創作の手法を意識して模索していたことは確かなようだ。

そして、現在という世界の広がりを「広い空」に見届けることが、タクシー運転手松井さんに託したあまん自身の童話作家としての使命だったのではないか。

「きつねの窓」を読む

安房直子の「きつねの窓」は、教育出版の小学校国語教科書に、昭和五二年度版より継続して掲載されている。初出の昭和五二年度版のみ、六年生上巻に掲載されるが、その後現行の平成二三年度版に至るまで変わることなく六年生下巻への掲載が続いている。

安房作品の魅力のひとつは、紡ぎだされた言葉の輝きと象徴性にある。筆者は「さんしょっこ」

に描き出される世界を「単語」で抽出し、それがどの程度読者の記憶に残っていくかを調べたことがある[5]。その結果、安房直子の作品には読者の嗅覚や視覚を刺激する語彙がストーリーの流れとは別に、絶妙なタイミングで作品中にちりばめられていること。そして、年齢差によらず、安房が意識して用いたであろうこれらの語彙への読者の反応は一様に高いことがわかった。こうした結果から彼女の作品には「読者が思いをのせた人物が実際にはストーリーの中から消えたあとも、そのイメージが持続していく」力が備わっていると結論付けた。

それでは、今回扱う「きつねの窓」にも、そうした力が備わっているのかどうか、まずは出てくる印象的な表現を拾い出してみる。

みがきあげられた青いガラスのように……（空のまぶしさ）
青いききょうの花畑
白い生きものは、ボールがころがるように……（走り去る様子）
昼の月を見失ったような……（立ちすくむ様子）
「そめもの、ききょう屋」と青い字のかんばん
紺のまえかけをした子どもの店員
しらかばでこしらえたいす
青くそめられた四本のゆび（でつくって見せた）ひしがたの窓
花のしるのはいったおさらとふで

ふでにたっぷりと青い水をふくませる
なめこは、ちゃんと、ポリぶくろにいれて
秋の陽が、キラキラとこぼれて、
（古いえんがわの下に）子どもの長ぐつが、ほうりだされて、雨にぬれて
かっぽう着をきて、白い手ぬぐいをかぶって、
（小さい菜園の）青じそがひとかたまり、やっぱり雨にぬれて
お礼にあげるサンドイッチをどっさり

このように印象的な表現を拾ってみると、本作品の基調をなす色のイメージは「青」であること、それも、幾通りもの異なる光や表情を湛えた「青」であることがわかる。

あまんの「白いぼうし」が、色彩それぞれに意味をもたせ、その色の対比を象徴的に作品展開に用いていたのに対し、安房の「きつねの窓」は、同じ「青色」の中に多様な側面、切なさや純粋さ、孤独や静けさを塗り重ねて作品の厚みを創っている。

「青」以外に作中から浮き上がってくる色は「白」。あまんの「白いぼうし」にあったような「赤と白」の対比とは異なり、「白」は、割烹着に手ぬぐいをかぶった母親の姿ときつねの母親の姿。いずれも死の影をまとう。ここには、幼くして実母を失った安房の喪失感と死後の世界への問いかけがあるのかもしれない。

また作品の中でひときわ質感が異なる存在として、「鉄砲」がある。これは色で表すなら「黒」ということになるのであろうが、この作品の中では色のイメージより、他の表現されている物の「はかなさ」に対して「鉄砲」のみが異なる質感・重量感をもって立ち現われているように思う。この「鉄砲」を背負っていた主人公が、ききょうで染めた指を手に入れることのために、その「鉄砲」を手放すのである。「たったいま手にいれたすてきな窓のことを思ったとき、鉄砲は、すこしもおしくなくなりました。」

そして、おみやげに、子ぎつねから、なめこをもらうのである。今夜のおつゆにと。

この「鉄砲」と「なめこ」の交換は、猟師である主人公の価値観の変化を表わしている。きつねの命を奪った「鉄砲」を懲らしめるのでなく、やさしい食べ物との交換へ持っていくことが、安房にとっての、権力との向かい合い方であったと読むこともできるだろう。

安房直子作品は一見、静かな筋運びの中に、温かな愛情が満ち溢れているようにみえるが、作品を細かく読んでいくと、人間への不信感がくっきりと刻まれている部分がある。

「それはたぶん、人間も、きつねもおなじことなのでしょう。きつねはきっと、お礼がほしいのでしょう。ようするに、ぼくを、お客としてあつかいたいのでしょう。」

安房が自作の中に「ようするに」というような後付けの記述を用いることは、めずらしい。「お礼」と「お客として」というふたつのことばに、心から打ち解けて対話することへの諦めが感じ取れる。こうしたものの見方をすることへのためらいを振り切るための「ようするに」であったようにも思う。

また、あまんの「白いぼうし」が、作品中に出現させたものどもを周到にストーリーに繋げていくのに対し、安房の「きつねの窓」に出てくるものどもは、その立ち現われた一点のみで強烈な印象を残し、そのあとのできごとにすべてが繋がっていくわけではない。

たとえば、「むかし、大すきだった、そして、いまはもう、けっしてあうことのできない」少女も、思い出の家の中から聞こえてくるふたりの子どもの笑い声も、ストーリーの最後に回収されない。「あれは、ぼくの声、もうひとつは、死んだ妹の声…。」この一行が記されたのち、妹の死については一切ふれられない。続けて「子どものころの、ぼくの家は焼けたのです。あの庭は、いまはもう、ないのです。」ここに告白される主人公の家の火事についても、その理由などは一切語られない。母や妹の死がこの火事と関係あるのか否かも判明しない。同様に、「ずうっとまえに、だーんとやられた」母ぎつねを殺したのが主人公なのかどうかも判明しない。こうした記述をくぐりぬけていく中で読者に残るのは、ふたりの登場人物それぞれに存在したユートピアと、それを突然奪われけっしてもどってこない時間へ向けた悲しみである。

加えて、家に戻った主人公は、「いつまでもたいせつにしたい」青くそまった「すてきなゆび」を「まったく無意識に」うっかり洗ってしまう。大切なものをあっけなく失ってしまう結末。さらにこのエピソードが取り返しのつかないものであることを決定づけるように、ラストで「あれっきり、一度もぼくは、きつねにあうことはありませんでした。」とある。

本作品のみでなく、安房の描くファンタジーで、読者は登場人物と共にさまざまな事物のほろびの瞬間に、立ち会わされる。それはそのまま、安房がその生い立ちの中で、取り戻すことも取り繕う事も出来ない喪失の哀しみを凝視し続けてきたことと無縁ではなかろう。安房は自身の向き合う「ほろびの世界」について、以下のように発言している。(6)

「砂の中にほろびてしまった町や、水に沈んでしまった町が、ありありと再現されてゆくのを読む時、不思議な感動で胸があつくなります。ひょっとしたら、この『ほろびたものへの憧れ』が、私にファンタジーを書かせるのではないかと思う時さえあります。あとかたもなくほろびて、もう誰の目にも見えなくなってしまったものに、そしてその廃墟にただよう不思議な色をした幻想に、私は惹かれます。それから、人の目には決して見えない様々の魂たち—木の精や風の精や、季節の中に住む、あらゆる魂たち、又、魑魅魍魎といった、えたいの知れないものたちにも、私はとても興味をもっています。この、決して見えぬものたちを、ありありと見える様に、決して聞こえぬ歌を、はっきりと聞こえるようにする、すばらしい作業が、ファンタジーを書くことなのではないでしょうか。」

自身の発言の中で二度も用いている「決して」のことばの強さ。なきものをなきままにせず一度きりの強い力を与えること、これがほろびていくものへ向けた安房の孤独な愛の手法だったともいえる。

ファンタジーの出口を較べてみる

あまんの「白いぼうし」のラストは「空色の車の中には、まだかすかに、夏みかんのにおいが残っています。」である。不思議な出来事、不思議な時間の余韻が読者の手元に残る。松井さんのタクシーに乗ればまたいつかこんな不思議な出来事が起こるんじゃないかと思わせる終わり方だ。実際、連作のかたちで、松井さんの「空いろのタクシー」には、次々と不思議なことが起こっていく。

これに対し、安房の「きつねの窓」には「回復」がない。鉄砲でだーんと打たれたきつねの母親も、主人公の妹も母親も焼けてしまった家も、もとにはもどらない。そして、彼らと再会する通路となるはずであった染め抜いた指もうっかり洗ってしまう。もう一度会ってそめ直してもらおうとした子ぎつねにもあれっきり会うことはできない。ラストに向かって繰り返し、一回性が強調される。

「白いぼうし」と「きつねの窓」に象徴されるように、あまんきみこのちいさなタイムファンタジーと、安房直子のささやかなタイムファンタジーにはその出口のありかたに決定的な違いがある。あまん作品の出口は、空想世界とのつながりを絶たない。「またあるかもしれない。いつふらっとまたやってくるかもしれない」世界として置いておかれる。このことが、作品に独自な透明感や広がりを残す。一方、安房作品の出口は、空想世界からの容赦ない遮断がある。空想世界に居とどまるわけにはいかない人間の足元を最後に孤独なスポットライトで浮かび上がらせる。過去を振り切って強く生きることへのエールなどとは程遠く、「もう二度と起こらない。もうそこへは戻れない」今を生きていくしかないにぶい悲しみが漂う。

童話だからこそ

ここまで、二人の童話作家の代表的な短編を読み解いてきた。それぞれの作品の中で色や事物に象徴される「権力への抵抗」の精神には、共通するものがあった。その一方で、空想世界と現実世界をどこで切り結ぶのか、そしてその切り結びをどう作者が子どもたちの「今日を生きる」ことに繋げようとしているのかという姿勢については、異なるものがあることが明らかになった。

今日に至っても、子どもの外見上の幼さや可愛らしさに寄りかかり、大人の郷愁や啓蒙意識とあいまって、子どもが生きる現実と乖離した安直な童話が発表され続けているのも事実である。しかし、信号が赤から青に変わるその一瞬に、道を一つ曲がる、まばたきをするその一瞬に、異次元の世界に足を踏み入れ、また、わずかな隙間に差しこんでくる現実の光によって我に返るというファンタジーの手法は、幼い子どもたちの心の歩みの中で決してありえない絵空事ではない。読者である子どもたちにとってもっとも重要なことは、どんな居心地のよい空想世界に心を羽ばたかせようといずれ必ず現実世界にもどらなければいけないと知ること。そして、空想世界と現実世界を行き来できる通路をみつけることが、彼らの生きるちいさな希望となる。もっといえば、現実を新しく生きる見方を得ることにもなるだろう。

安藤美紀夫は、ジュリアーノ・マナコルダがイタリアの童話作家カルヴィーノの評価に用いた「ファンタージア・レアルタ」という言葉を引用して次のように述べている。(7)

「異次元世界はどこか別のところにある世界ではなくて、私たち自身のすぐそばにある、というより、私たち自身のすむ現実世界がそのまま異次元世界でもある、ということである。逆にいえば、私たちが見ている、いわゆる〈現実〉なるものが、実は異次元世界なのかもしれないのである。」

あまんきみこと安房直子は、空想と現実を切り分けるまなざしを解放し、決して楽しいことばかりではない「生きる」営みを幼いものたちが止まず続けていける「ふしぎ色の鍵」を、ことばの中に探し続けた童話作家だと私は考えている。

参考文献

(1) 古田足日『現代児童文学論』くろしお出版　一九五九
(2) 畠山兆子『児童文学—はじめの一歩』世界思想社　一九八三
(3) あまんきみこ「小松善之助さんとの対談」(『国語の授業』) 児童言語研究会編　一光社　一九八九、一〇
(4) あまんきみこ「作家117人が語る私の児童文学」(『日本児童文学別冊』) 偕成社　一九八三、四
(5) 安藤美紀夫・窪田光恵・岩崎真理子・村中久子「さんしょっこ」に見られる大人の読みと子どもの読み(II)」αあるふぁ　日本女子大学児童文学研究室　一九八四、一一

(6) 安房直子「自作についてのおぼえがき」(『児童文芸』夏季臨増号)日本児童文芸家協会 一九七六、六

(7) 安藤美紀夫『子どもと本の世界』角川書店 一九八一

そのとき女性の詩が変わった

渡辺玄英

芸術表現は時代と共に変わっていきます。それは文学だろうが美術だろうが音楽だろうが例外はありません。時代と共に状況が変化し、当然、人も変化し、表現に質的な、あるいは外見的な変化がもたらされるのです。この講座は「女性文学」がテーマに設定されていますから、今日は日本の現代詩、なかでも戦後の女性の詩が、戦後社会の変容の中でどのように変わっていったかを考えてみます。

ところで最近、わたしたちは大きな時代の節目となるであろう出来事を体験しました。二〇一一年三月十一日、東日本大震災、いわゆる3・11です。あの前と後で表現の在り方が変わったと言えます。むろん変化しないものもあるのですが、表現する人たちの思考に大きな衝撃があって、表現自体に変化が生じたのです。まず言葉の価値が変化しました。簡単な例を挙げれば、「海」。母なる海、豊かな自然の海というニュアンスが、実は恐怖をもたらす海でもあったとあの災害で痛感したのです。もう当分の間、気楽に「海」を優しさや豊かさの象徴としては使えません。余計なことですが、桑田佳祐のヒットソングに「TSUNAMI」がありますが、これも当分は歌いづらくなりました。また、二〇一一年の「今年の漢字」に「絆」が選ばれました。大災害の痛みと不安の中で、人と人との繋がりが再認識され、家族や地方自治体や国家といった共同体の意味が改めて問われたわけです。そうして「絆」という言葉が、いつのまにかわたしたちの意識の中で重要なものとして位置付けられました。その功罪は措いて、大震災以前と以後で、「絆」という言葉の価値が変化したと言えます。

詩の表現では、先に挙げた「海」もそうですが、使いづらくなった言葉が他にもあります。「雨」や「降る」。これらが作品に登場すると、ほぼ同時に「放射性物質」や「セシウム」が雨のように降るイメージが脳裡に浮かびます。毎日のようにニュースで放射性物質の拡散情報が報道されて、わたしたちはそれを注視せざるを得なかった影響です。詩の中に「降る」という言葉があるだけで、セシウムが降り積もる街や日本列島のイメージが連想されてしまう。単語に色が付いてしまった。むろん単語だけではありません。表現する意識も大震災の影響を受けています。世界の崩壊を、文字情報だけでなく、生々しい映像で繰り返し見たのですから、わたしたちの世界が実は崩壊を孕んでいると、いまさらながらに気づかされた。はなはだ遅いだろう、いまさら気づくなんて鈍感だろうと言いたいけれど、突然この世界が押し流されてしまうかもしれないと多くの人は思い知ったわけです。だから大震災の後、詩の表現の前提に切迫感をともなって破滅の影が色濃くなります。わたしたちの言葉や表現がいかに状況に左右されるかということです。

さて話を戻しますが、ぼくの考えでは戦後の女性詩には大きな変化が二度ありました。一度目は第二次大戦で敗北したとき、二度目は一九七〇年代後期から八〇年代前期のあたりで。それ以外にも細かな変化はもっとたくさん指摘できるでしょうけど、女性の詩の変化に限れば、この二つの時期が顕著です。

まず第二次大戦、太平洋戦争、当時の日本での呼び方ならば大東亜戦争の敗北前後。日本の在り方そのものが変化します。当時、女性の立場も婦人参政権が実現される（一九四六年）など、敗戦を境に大きな変化が訪れ、詩も変化します。この時期の戦争と敗北が、詩に大きな変化をもたらし、男女どちらの詩にも明らかな変貌が見て取れます。日本という国家そのものが激変しただけでなく、人々がさまざまな形でひどく傷つく共同体験をしたわけです。それは、具体的には戦争の直接的な被害の影響であり、戦時中に厳しく制限されていた表現の自由が解放されたためであり、また、愛国神話が敗戦と共に解体されたためでありましょう。さらには、男性以上に著しく制限されていた女性の立場が解放されたためでしょう。

では、具体的に詩を読んでみましょう。

戦時中、たくさんの戦争詩、愛国詩が男女を問わず書かれます。もっとも女流詩人は少なかったのですが。ここでは最初に、当時の国民詩人、三好達治の詩「捷報臻る」の部分を見てみましょう。

捷報いたる
捷報いたる
冬まだき空玲瓏と
かげりなき大和島根に
捷報いたる
真珠湾頭に米艦くつがへり
馬来沖合に英艦覆滅せり
東亜百歳の賊
ああ紅毛碧眼の賤商ら
何ぞ汝らの物欲と恫喝の逞しくして
何ぞ汝等の艨艟の他愛もなく脆弱なるや
而して明日香港落ち
而して明後日フィリッピンは降らん
シンガポールまた次の日に第三の白旗を掲げんとせるなり
ああ東亜百歳の蠹毒

皺だみ腰くぐまれる老賊ら
巳にして汝らの巨砲と城寨とのものものしきも
空し

昭和16年、米英相手に開戦したときの高揚感が満開の作品です。完全に普通の軍歌になっています。昭和の初めに「太郎を眠らせ、太郎の屋根に雪ふりつむ。／次郎を眠らせ、次郎の屋根に雪ふりつむ。」という詩「雪」のように繊細な作品を書いていた三好は、この「捷報臻る」の他にも多くの戦争協力詩を発表しています。

次に、モダニズムの詩人の安西冬衛の詩も見てみましょう。安西は昭和四年の詩集『軍艦茉莉』に有名な「春」という一行詩、「てふてふが一匹韃靼海峡を渡つていつた。」を書いた人です。たいへんにモダンな作風だった革新的な詩人が、昭和18年（一九四三年）に次のような詩「詔を建艦に謹む」を発表します。

艦船船舶の要切にして急なる、
蓋し今日に極まれり。
夫れ
神武東征の元、艦を日向美々津の湊に艤し、

崇神天皇の十七年七月朔、船舶を造らしむる詔を下し賜へる、
乃至は近く日清の風雲急ならんとするの日、内廷の費を省き制艦の費に充てさせられ、
今また帆柱用材御下賜の　叡慮を仰ぐ、
列聖夙に大御心を海防に用ひさせ給ふ御事概ね以て斯の如し
孰んぞわれら詔を承り必ず謹みまつらざらんや。
須らく挙国財を損て費を投じ
報效の臣節を建艦の一途に傾倒すべきなり。
艦艇船舶の天下の要用たる、
正に極まつて今日にあり。
詔を謹まんかな。

この二つの作品から、戦争協力詩の特徴がよく分かります。まず、漢詩的な文語を多用していること。類型的な表現に終始していること。さらに神話的天皇に起源を設定する価値観と伝統的感性の全肯定といった特徴です。安西冬衛のような前衛的なモダニズムの詩人でさえ容易に古典回帰してしまう。つまり、自分たちの表現や世界への批評性が欠如していたのではないか、と考えることができるでしょう。戦後詩はその反省から成立していきますが、それは別の話として、ではここで、当時の代表的女流詩人、永瀬清子（一九〇六～一九九五）の戦時中の詩を見てみます。「紀元節」

（昭和17年）という詩の部分です。

紀元二千六百二年の紀元節に
われらは熱いお汁粉をたべた。
かつておぼえぬお汁粉をたべた。
甘い〳〵お汁粉だつた。
喉に快よく胸に熱く
夫も子供もおかはりをした。
そして私もお鍋をかたむけた。
あゝ皇軍が血と汗をもつて
銃後のわれらに贈つてくれた
世にあまき砂糖はわれらが指の先までしみ透つた。
その昔、わが母の胸に凭りてふくみし乳にもまして
この一椀のお汁粉の甘きは泣かまほしきかな。

ありがたいもの「世にあまき砂糖」を与えられたと永瀬は書いています。それは皇軍が贈ってくれたのだと。当然、この「皇軍」の背後には「天皇」がイメージされているはずです。つまり、天

皇が与えてくれる甘いお汁粉が、「母の胸に凭りてふくみし乳にもまして」とあるように、貴重にして神聖なものとされています。この「母」のイメージを出すことで、わたしたちは天皇の赤子であり、さらに「まして」という表現から、天皇が母親より上位の存在とのニュアンスで描かれています。神聖な存在から貴重なものを与えられる喜びを、ただただ無批判に作者は受け入れているのです。こんな言説を、現在でも目にすることがあります。どうでしょう、北朝鮮なんかその典型と言えませんか。将軍様が我々に甘き砂糖を与えてくださった、といった感じの言説を報道で耳にしますが、でも、わたしたちはあれをあまり笑えないわけです。数十年前には日本もこの詩からわかるように、現在の北朝鮮と同様だったのですから。そして、今見たような戦争詩を、当時ぼくが生きていたら書かなかった確証はありません。事後の批判は容易いけれど、渦中では人は間違いとも思わず間違いを犯しやすいのです。だから尚更、事態を冷静に批評的な視線で見つめることが大切です。とはいえ、ここでは永瀬清子という当時一流の女流詩人が、社会や自分たちを取り巻く状況を批評的に見つめる意識を持つことなく、神聖な存在にただただ従属する幸福を書いていたことを押さえて、それが戦後の詩ではどのように変わっていったのか、それを見ていきましょう。

敗戦後、女性の詩は大きく変化します。まず新川和江(一九二九〜)の詩「PRAYER」(詩集『睡り椅子』一九五三年)という長い作品の第一部です。

わたしたちの知らないどこかで

ふたたび軍備がはじまってゐるのだらうか？
カーキ色にぬりたてた車輪を乗せて
蛇のやうな貨車が今日も通る

国鉄エビス駅
ミリタリズムの貨車は
こんなちっぽけな駅にとまりはしない
見向きもしないで通り過ぎる　通り過ぎる

通り過ぎよ　通り過ぎよ
ここにとまってよいものは
にんげんを乗せるあたたかな電車
わたしを
逢いたいひとのもとへはこび
日ぐれは　なつかしいわが家の
実のやうなあかりちらちら
走りつつ見える窓のある電車

通り過ぎよ　通り過ぎよ
戦火の日にも
軍歌よ　原爆よ　重税よ
ちひさな駅にはとまらぬがよい

国電エビス駅
ここに
わたしの待ってゐるものは　電車
きそく正しく止まるのは　電車

ホームより見下せば
マーケットのざわめき　よし
レコードの流行歌　よし
道路工夫のよいとまけの声　よし
とある庭先
カンナの花にたはむれる二匹の蝶　よし

音立てず通り過ぎよ　貨車
この夢　やぶるな

新川和江は16才で敗戦を迎え、本作収録の詩集刊行の頃には24才になっています。この詩は、先ほど示した戦時中の戦争協力詩の特徴とは違った表現になっていることがよく分かります。ちょうど朝鮮戦争（一九五〇～五三）の時期ですから、戦後の平和が脅かされている感覚も出ています。

ここで注目したいのは、冒頭から体制への疑いが表明されていることです。新川和江の詩は、自然としての女性を感性豊かに歌いあげるところに特徴があります。ですから、この詩のように社会事象へのストレートな批判はあまり出てこないのです。その点、戦後すぐの時期のこの若い詩人の気負いが感じられなくもありません。ともあれ、戦時中の詩に見られた、堅苦しい漢詩調の言葉づかいもありませんし、神話的な古典回帰の感性の肯定は気配すらありません。ふたたび近づいてくる戦争の影を忌避し、平和になった今の生活の平穏を祈る作品です。

三連目に「にんげんを乗せるあたたかな電車」とあるように、「にんげん」が肯定されています。永瀬の「皇軍が（略）贈つてくれた」と書き、天皇という神的存在を尊重したのと比べると、新川詩は「にんげん」を尊重していることが分かります。また、六連目では、作者が肯定するものが列挙されています。「マーケットのざわめき」、「レコードの流行歌」、「道路工夫のよいとまけの声」、

「とある庭先／カンナの花にたはむれる二匹の蝶」です。おそらく戦時中には否定されたり、軽視されたりしていたものが、ここでは肯定されているのだと思います。それだけでしたらただの流行の変化でしょうが、卑近なものを、何らかの権威を背景にすることなく、そのまま肯定的に受け入れている姿勢は、永瀬詩との質の違いと考えていいのではないでしょうか。

むろん、新川和江の詩が圧倒的に新しい姿だったとは言えません。この「ＰＲＡＹＥＲ」でも顕著ですが、ここに止まるな「通り過ぎよ」というばかりで、詩の主人公は自分の小さな生活の平穏を願っているだけです。「軍歌よ　原爆よ　重税よ」が自分の目の前さえ通り過ぎればいいのだ、というのでは消極的すぎるし、本当の解決への取り組みがありません。主体的な声高な主張もしないし、ほぼ一貫して、受け身の性としての女、つまり、今では古臭いと言っていい女性の価値観からは抜け出せていません。その意味では、戦前からの女性についての伝統的感性や価値観が断絶することなく、この詩集『睡り椅子』では存続しています。後年、これは新川の中で変化していき、63年の詩集『比喩ではなく』あたりになると、自然としての女性、母性としての伝統的女性観を受け入れながらも、はてしなく拡がる女性の感性が世界と同根であると描かれます。そして同詩集の有名な表題詩「わたしを束ねないで」では、女性的感性の解放を「わたしを束ねないで」と謳っています。しかしながら、「ＰＲＡＹＥＲ」にはそこまでの感性の解放感はありません。

では女性の自立といった視点では、どのような変化を詩に見ることができるでしょう。その分かりやすい例として、茨木のり子（一九二一〜二〇〇六）の作品を紹介します。戦争によって青春を奪われた世代。有名な作品に「わたしが一番きれいだったとき」がある詩人です。一番きれいだった時期、戦争によって「まわりの人達が沢山死んだ」、「とてもふしあわせ／めっぽうさびしかった」と語る詩です。第一詩集が一九五五年の『対話』。そこに収録されている詩「いちど視たもの」を読みます。副題に「一九五五年八月十五日のために」とありますので、敗戦からちょうど十年後に、戦争を振り返って、というわけです。

いちど視たものを忘れないでいよう

パリの女はくされていて
凱旋門をくぐったドイツの兵士に
ミモザの花　すみれの花を
雨とふらせたのです……
小学校の校庭で
わたしたちは習ったけれど
快晴の日に視たものは
強かったパリの魂！

いちど視たものを忘れないでいよう

支那はおおよそつまらない
教師は大胆に東洋史をまたいで過ぎた
霞む大地　霞む大河
ばかな民族がうごめいていると
海の異様にうねる日に
わたしたちの視たものは
廻り舞台の鮮やかさで
あらわれてきた中国の姿!

いちど視たものを忘れないでいよう

日本の女は梅のりりしさ
恥のためには舌をも嚙むと
蓋をあければ失せていた古墳の冠
ああ　かつてそんなものもあったろうか

戦おわってある時
東北の農夫が英国の捕虜たちに
やさしかったことが　ふっと
明るみに出たりした

すべては動くものであり
すべては深い翳をもち
なにひとつ信じてしまってはならないのであり
がらくたの中におそるべきカラットの
宝石が埋れ
歴史は視るに価するなにものかであった

夏草しげる焼跡にしゃがみ
若かったわたくしは
ひとつの眼球をひろった
遠近法の測定たしかな
つめたく　さわやかな！

たったひとつの獲得品
日とともに悟る
この武器はすばらしく高価についた武器

舌なめずりして私は生きよう！

この詩では、戦時中に教えられた情報がいかに歪められたものだったか、戦後になって知ったと語られています。だから同じ轍を踏まないために、「いちど視たものは忘れないでいよう」と言うのです。その繰り返しに強い意志を感じます。冒頭ちかくに「パリの女は」と、六連目には対比的に「日本の女は」とありますから、女性の在り方がかなり意識されていることが分かります。また六連目に「蓋をあければ失せていた古墳の冠」とありますから、これは神話的な天皇制への批判が表明されていると見ていいでしょう。

そして、特に重要なのは七連目。「すべては動くものであり／すべては深い翳をもち／なにひとつ信じてしまってはならないのであり／がらくたの中におそるべきカラットの／宝石が埋れ／歴史は視るに価するなにものかであった」と、たいへん冷静な批評意識の表明がなされています。そして、その批評眼は、「遠近法の測定たしかな」、「つめたく　さわやかな」眼球を手に入れたからだというのです。それがどれほど貴重な獲得であったか、「この武器はすばらしく高価についた武器」

の一行に語られています。多くの犠牲の末に、彼女は自分を自立させる武器、世界を冷静に測定する武器を得ました。ここには冷静で知的な女性の姿があります。さらに素晴らしいのは、最後の一行。野性的に獲物を狙うかのように、したたかに生きることの表明がなされています。たとえ「眼球」を手に入れても、それを活用して生き抜くことが、より大事なのです。それをちゃんとラストに語っています。女性がしたたかに世界の中で自立していく姿が、この詩には描かれていると言う事が出来ます。

この他、石垣りんや富岡多恵子の詩を戦中までに書かれていた詩と比較してみると、戦前戦中と比較して、戦後の女性の詩がどのように変化したのか、さらに差異が鮮明になるはずです。ここでは具体的な作品には踏み込みませんが、石垣りんは庶民的な生活の中から、社会そして自分も含む人間を辛辣にときにユーモラスに描いています。そこに批評意識とともに、戦後の生活人としての清潔な強さ、つまり生活に根差してこそ人間の自立はあるという意識が現れていると思います。また、富岡多恵子の場合は、日本的な抒情とは切れた乾いた書法が見れますし、社会の中で与えられた「女性」を茶化すようにひっくり返して行く「身上話」（詩集『返礼』一九五七年）という詩があります。ジェンダーに対する批評的視座が顕著です。

ここまで、第二次大戦の敗戦を挟んで、女性の詩がどう変化したかを、作品を読みながら考えてきました。戦前戦中の詩に見られた、漢詩的な文語を多用した類型的な表現や、神話的天皇に起源を設定する価値観と伝統的感性の全肯定。また、社会の中で従属的な立場を当然とする女性観。そして、それらを易々と許すような、自分たちの表現や世界への批評性の弱さが、敗戦をさかいにして、戦後の女性の詩では変化したことがわかっていただけたのではないでしょうか。

では、次の大きな変化、一九七〇年代後期から八〇年代前期のあたりに話を移しましょう。日本はこの時期、高度経済成長が終わり、安定成長、経済大国、消費社会の日本になっていきます。衣食住がひとまず満ち足りて、生活必需品の充足よりも、個の欲望を刺激することで社会は動いていきます。それはモノを消費する（購買する）ことで充実できるという幻想が振りまかれていくということです。その頃、女性の在り方がかなりの変化を迎えます。社会進出が進み、経済的な自立が進み、それと共に精神的な自立も一般的になっていきます。端的に言えば、従来の価値観、産む性や耐える性としての〈女性〉は、妻となり母となる選択が当然だった時代から、男に頼ることなく自由に自立して生きるという選択ができる時代になったのです。耐えなくてもいい、欲望の肯定ができるようになった。むろん、まだ制約や性差別は解消されていませんが、しかし、この時期に制約が大きく緩み、〈女性〉の人生の選択の幅が格段に広がっていったのは間違いありません。

当時の広告の言葉が面白いのでいくつか紹介します。75年パルコ「裸を見るな、裸になれ」、79年西武「女の時代」、80年伊勢丹「女の記録はやがて男を抜くかもしれない」。まさに女性がしだいに主人公に変化していく様が現れています。また、欲望の変化という意味では、81年「不思議、大好き」、82年「おいしい生活」、88年「ほしいものが、ほしいわ」という西武の広告を見るとよく分かります。生活に〈おいしい―おいしくない〉という価値が新たに与えられたり、必需品でなくとも〈ほしい―ほしくない〉という欲望の濃淡が重要な価値になっているわけです。
こうした70年代の終わりから80年代に、戦後の女性の詩は大きく変わります。女性詩ブームが起こります。先ほど紹介した社会変化がそこに影響しているはずです。井坂洋子（一九四九〜）の作品を見てみましょう。79年刊行の詩集『制服』から表題作を。

ゆっくり坂をあがる
車体に反射する光をふりきって
車が傍らを過ぎ
スカートの裾が乱される
みしらぬ人と
偶然手が触れあってしまう事故など
しょっ中だから
はじらいにも用心深くなる
制服は皮膚の色を変えることを禁じ
それでどんな少女も
幽霊のように美しい

からだがほぐれていくのをきつく
目尻でこらえながら登校する
休み時間
級友に指摘されるまで
スカートの箱襞の裏に
一筋こびりついた精液も
知覚できない

冒頭の「ゆっくり坂をあがる」と傍らを通過する車の緩急の対比もいいし、作中主体が周囲の世界から微妙に遅れている感覚がうまく表現されている詩です。女子学生の登校と学校での一コマを描いています。語っているのは大きくは二つ、一つは制服によって女性である自分たちは制約されているということ。二つ目は、女性は性的に脅かされるということです。それを若い女性の繊細な感覚で表現しています。人の本来というものを制服が締め付けている。と同時に、男たちの性的な標的にもされているというわけですが、こう書くことが出来るのは、逆に、制約された世界の中から、女性の身体と性が露わになっているということです。自分たちの身体や性への、批評的な眼差しや認識がなければ、このような詩は書けません。この詩では、女性が自然と一体であるかの感覚は窺えません。そんな肯定感よりも、ジェンダーとしての性が意識されています。女性であることの自立した意識と、女がどのような存在であるかの値踏みがあって成立する詩だと思います。
では、残り時間も少なくなってきましたが、最後に伊藤比呂美（一九五五〜）の詩を読んでみましょう。85年の詩集『テリトリー論II』から「霰がやんでも」です。

一九〇三年南アメリカのどこかで
小鳥が十二分間にわたって降りつづき
地面は小鳥の死骸で埋まった
小鳥の霰がやんでもしばらく小鳥の羽毛が
雪のように
あとからあとから舞いおちてきた
あ、
字は違っても「裕美」という名の友人がわざわざわたしのところへ
なっとう、はっさく、卵
を運んで来て
「一緒に食べよう」と言った
「これは無農薬、自然、安全、安心して食べられる」
彼女とはすでに

一緒に食べたことも
一緒に排尿したことも
一緒に排便したこともあるから、こんどは一緒に
分娩したい
とわたしは思う
まるのままのおちんちんのついた（産みたい）
それでわたしと性交できる（産みたい）
わたしに射精できる（産みたい）
髭を剃らなければいけないが（産みたい）
剃っても剃りあとに体臭が残っている（産みたい）
二十二歳の背の高い男を（産みたい）
十九歳の背の高い男を（産みたい）
二十五歳の背の高い二十九歳の背の高い男を（産みたい）
大便みたいに
産もう、一緒に
すてきなラマーズ法で
うー

友人にもう一人字は違うが「弘美」というのがいて
自殺したのである
十一階から飛び降りてすぐ発見された
頭を打っただけで外傷はなく
集まって来た人々に
飛んだのかと訊かれて飛んでないと答え
しばらくして意識がなくなった、と彼女のお母さんが言った
「ひろみ」は手がぷっくりしていてそこのところが「ひろみ」らしい
と彼女のお母さんが言った
飛んだ飛んだ、と言われて「ひろみ」は
飛ばない飛ばない、と答えた、とお母さんが言った
飛んだ飛んだ、飛ばない飛ばない
飛んだのは確かだが、動機は分からない
男のことで悩んだらしいが、真相は分からない
の
のどかなしいたけ
もう一人字は違うが「博美」という友人が

しいたけとこんぶを持って来た
彼女は百円返してくれて、マイルドセブンも二個くれた
のどかなしいたけ
彼女は慢性の腎炎である
塩気があってはならない彼女のマイルドセブン
尿臭のするしいたけとこんぶ
は、は
はずかしい分娩
成長する卵たち
分裂する卵たち
蠕動する卵たちが足を突き出す額を突き出す
うれしい
うれしい卵たち
うれしいしいたけ
うれしいなっとう
うれしいはっさく
うれしい腎臓

うれしい小鳥の霰たち
うれしい「ひろみ」たち
産みたい
産みたい

さて、女性詩人の詩を戦時中と敗戦後、時代を追って読んできましたが、ずいぶんな変わりようだと思われたことでしょう。まず、文体ですが、文章を書く文体ではなく、話し言葉になっています。この詩は完全な話し言葉ではありませんが、こうした語り口調が当然になってきました。次に内容ですが、女性が性や身体生理や出産について赤裸々に語るということは、従来ありませんでした。この詩では、二つのタブー、書き方とモチーフの面で新しい局面を見ることができます。

作品では、冒頭に不思議な小鳥の大量死が提示され、そこで読者は「死」のイメージとどこか幻想的な「羽毛が／雪のように」降り積もるイメージを受け取ります。そして、「ひろみ」という三人の友人が登場しますが、作者「比呂美」の分身と考えてもいいでしょう。一人目は「自然、安全」の野菜を持ってくる。二人目は精神的に追い詰められたのか自殺する。三人目は病気。自然と一体のひろみ、社会や人間関係のストレスに歪められたひろみ、病気持ちのひろみ、と読めば、現代に生きる私たちはこの三つに引き裂かれるように存在していることに思い至ります。

また、この三人を、生・死・病と見立ててもいいかもしれません。これに自殺したひろみを語るお母さんを老として加えたら、生・病・老・死で、仏陀の四門出遊の故事になりますが、これは深読み過ぎるでしょう。でも、そういう読みが可能なところがこの詩の優れている証拠だと思います。

この時期、日本は欲望を解放していったと先ほど説明しました。その中で、女性が解放されていく部分もあった反面、欲望の解放により脅かされていったものがあったのです。その解放と怖れ、歪みがこの詩には現れているように感じます。そして、伊藤比呂美はその怖れをどう乗り越えようとしたかと言うと、終わりのほうで「うれしい」を繰り返し口にすることで乗り越えようとしたのです。何度も繰り返す「うれしい」はいわば呪文の役割です。呪文を唱えて、すべてのネガをポジに変換しようとするわけです。そもそも、この詩の構造自体が、食べること・産むこと・排尿排便・性・生・死が混然となって地続きですから、これは「古代の生」、「原始の生」の在り様です。自然の状態から切り崩されていく、この時代の女性が、その苦痛から無意識に呼び覚ましたのが「原始の生」の在り方だったというのです。そうすると、この詩が語り言葉でなくてはなかった理由が分かります。シャーマンの呪文だから、語りである必要があったのです。

敗戦前後の女性の詩の変化、次に消費社会が成立した一九八〇年頃の女性詩の変化を見てきました。表現の外観の変わりようだけでなく、詩の質の変化もあったことが分かります。時代状況が変わるときに、表現者はその影響から自由ではありません。その変化の中で、詩人は自分を含む世界と真摯に向き合いながら、新たな表現を編み出してきました。それまでとは違う新しい領域を切り開く、この不断の挑戦こそが詩に現在的な息吹を与えてきたのでしょう。魅力的な芸術はすべてこうした挑戦によって、力を更新し続けているはずです。

女性の勁さとは何か

――あとがきに代えて――

佐藤泰正

一

今回は〈日本女流文学の潮流〉をテーマとしたものだが、すでに締切の時期もかなり過ぎて、未だに届かぬ原稿もあるので、ここではひと先ず、かねて用意していた〈女性の勁さとは何か〉と題したあとがきをかねた一文を草してみたい。寄稿された諸家の論に先ずふれるべき所だが、時間もないので、この一文をあとがきの前に置くことでお許しを戴きたい。

たしか漱石の次男の伸六の幼い時、父と連れ立って歩いていて、思わずころんで痛みに泣き出した時、起きろ、泣くのをやめろ、泣くと女の子に笑われるぞ。女の子の方がよっぽど勁いんだと言われたという回想の一節がたしかあったと思う。

これはたしかに漱石の実感で、女は男より勁いとは、実は漱石の作品をつらぬく一貫した女性像の多くで、その発端は、まずあの『草枕』の那美さん（志保田那美）のイメージから始まったと言っていい。

語り手の画工は那美さんとの出会いで、ことごとにその奔放なふるまいに驚かされる。月の光の下で歌う女の声が聞こえたり、廊下を夜の夜中になにか振り袖姿で歩いたりする。そうかと思えば、風呂場に突然裸で入り込んでくる。また私が身を投げて浮かぶ、その水に漂う自分の姿を描いてくれと言うかと思えば、鏡が池の水面にその姿をかさねて思い浮かべていると、突然目の前の嶺頭から身をひるがえして、飛び込むかと思えば、その下の大地にすかっと飛び降りてみせる。とにかく奇矯な振る舞いで画工を驚かせる。近所の人は出戻りで、可哀相な女だ、「キ印」だなどと言っているが、その不思議な振る舞いは画工の心を魅きつけるものがある。その矛盾に満ちた態度は一見、人を侮り、軽蔑しているようにもみえるが、その裏側には逆に、人に縋《すが》りたいという様子がみえる。また人を馬鹿にしたような態度の底には、慎み深いものが見えて来る。また、もし自分の才気や力に任せてやれば、百人の男も物の数とも思わぬ位の力があるという。しかしまた、その下からはおとなしい情が見えて来る。つまりこういう強いものと弱いもの、突っ張って行くものと、人にふっと同情を受けたいような、そういうものも見えて来る。この矛盾のかたまりと言っていいふるまいの向うに見えるものは何か。

私はこれを読んだ時に、思わず眼に浮んで来たのは、ドストエフスキイの『白痴』の中に出て来る、あのナスターシャの姿だった。彼女は無垢な魂を持った主人公ムイシュキンと、野性の男ラゴージンと、このふたりの男のはざまで揺れながら、最後はラゴージンの手にかかって死ぬのだが、この女にはとてつもないプライドがあり、絶えず人に反撥し侮辱する、そういう表情がみえる。かと思えば何か非常に信じやすいような、驚くべき純粋、純朴なものがある。人を軽蔑しているように見えながら、何かスーッと純真な気持ちで人を信じてゆくような想いもみえる。この二つのコントラストが、見るものの心を魅きつける。ムイシュキンは、ひと目この女を見た時に心惹かれ、この女を救いたいという熱い憐憫の情が湧いて来る。

こうして見るとナスターシャと那美さんは、いかにも似た存在と見えて来る。どちらも非常にプライドがあり、そうかと思うと人に縋《すが》りたいようなものがあり、その純粋さと言ったものも見え、こういう自己矛盾をかかえ乍ら勁く生き抜こうとしている。実は木下豊房さんという日本のドストエフスキイ研究会の会長も長くつとめて来られた方も全く同じ事を感じていて、ナスターシャと那美さんとは自分の中で深く繋《つな》がっていると言われ、二人で深くうなずきあったものである。

実はこの那美さんのモデルは前田卓子といって、父親は前田案山子という政治家。その別荘が小天温泉で、作中の那古井温泉の舞台となっている。父親は自由民権説を唱え、明治二十三年、第一回の衆議院議員でもあったが、その下で生まれた前田卓子という非常に気性の強い、しかし大変魅力のあったこの女性は、この家の次女で、妹（槌子）はあの宮崎滔天と恋愛結婚をしており、そのこともあって、前田一家が中国革命の支援活動にもかかわっており、卓子もそのひとりであった。熊本の五高にいた時、漱石は二度この小天温泉に出かけており、そこで出会った卓子につよく惹かれる時もあったようで、自分が友達と入浴していると、突然彼女が入って来て驚いたという、この小説と同じ経験もあったようである。

この前田卓子は上京後も政治活動にかかわり、その勁い気迫の一端を終始見せているが、この女性が那美さんの背後に佇つモデルであることをみれば、那美さんの奔放な行動と、つよい気迫のあらわれに頷くことも出来よう。

ただ作者漱石が那美さんの魅力を評して「開化した揚柳観音」（傍点筆者、以下同）と言い、またこの女の「表情に一致」がなく、「顔に統一の感じがないのは、心に統一のない」、つまりは「此女の世界に統一がない証拠」だと言い、「不幸に圧しつけられながら、其不幸に打ち勝たうとして居る顔だ。不仕合せな女に違ない」と言っているが、その不幸とはただ結婚に失敗した出戻りの女だというのみではない。その烈しい気性の底には自分自身をもてあます自意識の葛藤がある。加えて「開化した」云々とは、文明開化の波をいやおうなくかぶった近代女性像への作者の認識がこもる。これら開化の刻印、自意識の相克、さらには結婚という制度の下にたわめられた女性の受ける抑圧、これらは漱石の女性像をつらぬく基層の側面であり、那美さんはその素型ともいえる。

これはモデル（前田卓子）などの問題を超えた漱石の基本の認識であり、この志保田那美像の線上に『虞美人草』の藤尾や、『三四郎』の美禰子以下の人物が生まれる。たとえば勧善懲悪的な手法の故に藤尾などは悪女仕立となってはいるが、ひと皮むけば藤尾もまた、那美さんと通じるものがある。漱石は実は藤尾が好きなのだとは、女性としての自分の直感だと作家河野多恵子もいう。

事実、「あれは嫌な女だ」「あいつを仕舞に殺すのが一篇の主意である」（明46・7・10小宮豊隆宛書簡）などと、藤尾に魅かれる弟子たちをたしなめてはいるが、藤尾の死をめぐる描写はどうか。「凡てが美くしい。美くしいもの、なかに横たはる人の顔も美くしい。驕る眼は長《とこしな》へに閉ぢた。驕る眼を眠つた藤尾の眉は、額は、黒髪は、天女の如く美くしい」という。もはやこれは断罪に値する。憎むべき女を描く文体ではあるまい。嫌った女の死を、かくも美しく語るという。これは矛盾とみえて、そうではあるまい。死によってひとは道義に目覚めるとは作者の分身ともいうべき藤尾の義兄甲野に託して語った最後の言葉だが、しかし作品の底にひそむ作者本来の想いは、死こそは道義への目覚めならぬ、生の孕むいっさいの矛盾と苦しみからの解放であり、お前は今こそ、その宿命や苦しみのすべてからはじめて解き放たれたのだという痛切な想いの、熱いひびきを聞きのがすことは出来まい。

二

この文明開化の波をかぶった志保田那美や藤尾や、さらには『三四郎』の美禰子などの存在は、そのいずれも自在にして華麗な色をにじませるが、そのふるまいの底にひそむ女性独自の勁さといったものが感じられる。しかしさらに一転して『それから』のヒロイン三千代を見れば、これこそは漱石にとって理想の女性ではなかったかと見えて来る。

『それから』の主人公代助は父の押しつける政略結婚をことわり、かつて友人にやむなくゆずり、今は人妻となった三千代と結ばれる以外に、今の自分の孤独と不安を救う道はないと思い、その夫の平岡にゆずってくれと頼んでことわられ、ついには自分の想いを聞きとどけてくれた三千代と抱き合って焼け死んで行くほかはないとさえ思いつめる。こうして親からは勘当され、今はただ落ちぶれ果ててゆくほかはない落魄の不安におののいている代助に対して、彼の前に現れ、もう覚悟しましたと言った後の三千代は「微笑みと光輝とに満ちてゐた、春風は豊かに彼女の眉を吹いた」と漱石は描いている。ここに至っては、もう代助のものではない。もはや代助の眼を超えた語り手の中に、この三千代の爽やかな姿がある。さらに言えば語り手を超えて、その背後にいる作者漱石の想いの高まりが見えて来る。漱石はある友人への手紙の中で、どうもあれを書いている漱石は代助と重なって見えると言われたが、結構だ。そしてあの代助は姦通したがって困っている。元々自分にもその気はあるから別に厭なことじゃないなどと言っている。これは勿論なかば冗談ともみえるが、つまりこの三千代という女性は文字通り漱石の中に生きる理想の女性で、「古版の浮世絵」のようだと語っているが、同時に我々の胸を搏つ彼女の姿は、あの不安な運命の前に立つ毅然として「微笑みと光輝とに満ち」た姿であり、ここにはまぎれもなく「女性の勁さとは何か」という問いへの見事な答えが見えて来よう。

さらにこれを延長すれば、後期文学の出発点ともいうべき『彼岸過迄』の中で主人公の須永と千代子にふれて、〈恐れる男〉と〈恐れない女〉と語っている作者の言葉にすべては尽きると言ってもよかろう。然しまたここで注目すべき所は、当時の多分に封建的な抑圧性を含んだ結婚制度の中での苦しんでいる女性の苦悩、またそれに耐えんとする女性の勁さに注がれる、作家漱石の眼差しの深さであろう。次作『行人』終末で、主人公の長野一郎の呟く言葉は次の通りである。「何んな人の所へ行かうと、嫁に行けば、女は夫のために邪《よこしま》になるのだ。さういふ僕が既に僕の妻を何《ど》の位悪くしたか分らない。自分が悪くした妻から、幸福を求めるのは押《おし》が強過ぎるぢやないか。幸福は嫁に行つて天真を損はれた女からは要求出来るものぢやないよ」（五十一）――これが一郎の最後の言葉である。これをみれば漱石が結婚した女性の何処をみつめて、女性の勁さなるものを語っているかはすでに明らかであろう。

一郎から弟の二郎との仲を疑われた妻のお直が二郎に向かって旅先の宿で痛切に言う「死ぬ事丈は、何《ど》うしたつて心の中で忘れた日はありやしない」。「嘘だと思ふなら」和歌の浦へ行って「浪の中へ飛込んで死んで見せる」と繰り返し言う。このお直の苦悩の告白は家を出た二郎の下宿を訪ねた時の「男は厭になりさへすれば」「何処へでも飛んで行ける」が、「女は左右《さう》は行」かぬ。「妾《わたし》なんか丁度親の手で植付けられた鉢植のやうなもので一遍植られたが最後、誰か来て動かしてくれない以上、とても動けはしません。凝《ぢつ》としてゐる丈です。立枯になる迄凝《ぢつ》としてゐるより外に仕方がない」という言葉にもつながる。二郎はその訴えをはかりかねながらも、そこに「測るべからざる女性の強さ」を感じ、「此強さが兄に対して何う働くか」を思い、「ひやりとした」という。

『行人』を読み直して、このような言葉にふれた時、ここにはあの時代を支配した〈男性原理〉への挑戦者としての漱石を見ると語ったのは、かつてフェミニズムの女性解放運動の中心となって活動していた文学者のひとり駒尺喜美さんで、すでにすぐれた漱石論や芥川論の著作もあるすばらしい人だったが、私はこの漱石を評して〈男性原理への挑戦者〉と語った言葉に感銘して電話したことを想い出すが、あの『暗夜行路』の中で主人公の時任謙作に、「男は仕事、女は産むこと」と卒然と言い切らせている作者志賀直哉の表現をふりかえれば、まさに〈男性原理〉のまかり通る時代の中で、漱石がいかに文明社会の矛盾やその中にある女性の痛み、またこれに耐える女性の勁さに熱い眼差しを向けていたかが分るであろう。これはさらに後の自伝的作品『道草』で「あらゆる意味から見て、妻は夫に従属すべきものだ」と思う。「夫婦二人が衝突する大根は此処にあつた」と建三に語らせている所にも明らかであり、その終末に健三のいう「世の中に片付くなんてものは殆どありやしない。」と言う「吐き出す様に苦々しい」言葉に、赤子を抱き上げながら、「おゝ好い子だ。〳〵。御父《とう》さまの仰やる事は何だかちつとも分りやしないわね」と言い乍らわが子の赤い頬に接吻する細君の姿で終っていることをみれば、やはり作者漱石の眼が同時に何処に向けられているかが、改めて意味深く感じられて来よう。

　こうして最後の未完の作品『明暗』をみれば、主人公のひとりとして津田と並ぶお延というヒロインが、どのように描かれようとしているかはすでに明らかであろう。一口で言えば先にふれた〈男性原理〉が依然としてまかり通る、あの大正の始めに、これに対する意識的挑戦者としての女性が、初めて登場したと言い切ってもよかろう。妻は夫に従属するものではなく、お互いが、対等の他者として向かい、妻を従属物と見させてはならぬという決然とした姿がお延の中に見えて来よう。すでにこの両者のふれ合いを説くには紙数も尽きたので、仔細は省くが、これは論者のいうごとき「津田の精神更生記」（唐木順三）などではなく、作品なかばから語り手の視点がお延に移り、両者の内面が交互に語られて行く処にも、作品冒頭で医師が言う「まだ奥がある」。「今度は治療法を変へて根本的の手術を一思ひに遣るより外仕方が」ない。そうすれば「割《さ》かれた面の両側が癒着して」「本式に癒るやうになる」というごとく、津田とお延の両者の心がひらかれて合体する所に、作者のねらいのすべてはあったとみえるが、ここでかねてからのひとつの疑問は作者漱石が東京での全国大会に出席しようとしている親しい若い禅宗の僧侶への手紙の中で、私の家に泊まるがいい。今書いている仕事も「十月頃は小説も片づくかも知れませぬ。さすれば私もひまです。よければ私の家に泊まりなさい」などと語っているが、これはたしかに今迄研究者の誰もがまともに論じていない所で、この最後の発想が十月どころか、未完ながら翌年なかば位までは続くと思われる所をみると、改めて作品なかばから変った構想の変化の底に何があったか。恐らくは津田を中心として始めながら、なかばからお延への言及に力を入れようとした、なみならぬ作家内面の気迫が見えて来よう。

三

さて漱石の描いた女性の勁さの印象にふれているうちに、もはやほかの作家のそれにふれる余裕も無くなったが、ただひとつ私の印象に最も強く残っているものに、あの太宰治の晩期の傑作『ヴィヨンの妻』の末尾の一句がある。ヴィヨンの妻ならぬ文学者大谷の妻は、「自分の無頼も放蕩も、果ては行きつけの店から大金を摑みとっての乱行も、結局はそれを妻や子供によい正月をさせたかったからで、「人非人でないから、あんなことも仕出かすのです」と弁解がましく言い立てる夫のすべてを見通して、「人非人でもいいぢゃないの、私たちは、生きてゐさえすればいいのよ」と言い切る、この末尾の一句は夫大谷の行為や弁解のいっさいをしたたかに打ち砕くと共に、なおその矛盾のすべてを許そうとしての決然たる姿を示すものであろう。さらに言えば、家を捨ててかえりみぬ夫と、瘦せこけて肥立ちもわるいおさな子をかかえ、夫の不始末の身代りに料理屋で立ちはたらき、果てはその店に来た客の若い男に犯されてしまう。しかし翌朝、子供を背負って店に出てみれば、すでに夫はそこにいる。「中野のお店の土間で、夫が酒のはひつたコップをテーブルの上に置いて、ひとりで新聞を読んでゐました。コップに午前の光が当つてきれいだと思ひました」という。ここで彼女が見たその〈陽の光〉とは、まさしく無垢なる生そのものの象徴ともいうべく、終末のあの一句の予期される見事な伏線ともみえる。

　作家坂口安吾は太宰の死にふれて、あれは「フツカヨヒ的衰弱」の果ての事件であり、「人間は生きることが全部」であり、「生きることだけが、大事である、ということ」と語っているが、これはまさにあの『ヴィヨンの妻』末尾の一句と照応するものだが、坂口は何故かこの作品にはふれていない。ただ太宰自身は「ぼくはあの小説で新しい筋をつくつた」「古くさい筋には二日酔いがある」がこれはかえって人の気をひきやすいもので、「そこにゆくと、まつたく新しい筋はそのおもしろさが、なかなかわかってもらえないんだなあ」と、その発表の直後洩らしていたという（菊田義孝『終末の預見者太宰治』）。また今度は「本気に『小説』をかこうとして書いたものです」（昭22・4・30　伊馬春部宛書簡）とも語っている。これはすでに心身ともに衰えてきた晩期太宰の、ひらかれた他者の眼から問い直し、いま一度作家として真剣に生き抜いてみたいという、覚悟の一端を示すものともみえるが、やはり『ヴィヨンの妻』のあの最後の一句こそ、そのすべてを語るものであり、漱石同様〈女性の勁さ〉の何たるかを見事にあかしえたものであろう。

　もはや紙数も尽きたので、作品からの論評をはなれ、作家の夫人自体の、ここでも見届けることの出来る〈女性の勁さ〉の一端にふれてみたい。まず遠藤周作夫人（遠藤順子）の気性のおおらかさ、また勁さであり、いま大学院の講義と生涯学習センターの講義も併せて、遠藤周作から堀辰雄、芥川、漱石と師弟の系譜を逆に辿って、作品背後の作家内面の課題を問いつめようとしているが、ここでも多くは多病な体質で執筆活動に追われ、加えて厄介な女性関係などもかかえている、こうした作家たちを見て行くと、その伴侶としての夫人たちの並ならぬ苦労の姿が見え、改めてその女性たるものの勁さを見逃すことは出来ない。あの堀辰雄夫人の多恵子さんからもらった書簡ひとつを見ても、作家の背後に立つ夫人たちの苦労と、これを耐え抜こうとする独自の気迫の影がにじんで来るのが見える。またさらに文学研究者としての身近かな方にふれれば、同じ梅光学院の同僚だった女流文学者としての目加田さくを、伊原昭の両先生が居られ、共に今年で九十五歳という同年の方たちだが、惜しくも目加田さんは昨年九十四歳で亡くなられたが、多くの大作の中でも最後に戴いた『世界小説史論』と銘打った大著は圧倒的なもので、またその人柄の大らかさ、勁さは、まさに我々の生きんとする意欲の核心を搏つものであり、またいまも健在な伊原先生は古代万葉から江戸後期に至るまでの文学作品にあらわれた色彩表現を徹底的に分析され、五十年もかけて作られた、カードの数は五十万枚に及ぶという。その業績は第一回ビューティサイエンス賞ほか、いくつかの賞も受けられたが、すべて『日本文学色彩用語集成』(笠間書院)全五巻に収められ、なおこの研究を達成するには百五十位までは生きるんだと言ったように雑誌に書かれましたと笑い乍ら言われた電話の声は、今も変らぬ若々しいひびきがあり、時々の電話のやりとりでは、いつもその若々しい声には圧倒されるものがあった。目加田、伊原両先生と私は全く同年の生まれで、生まれた月のいちばん遅い私は末弟ともいうべく、これが女であれば、まさに三人姉妹ですねとよく笑って話し合ったものである。

　またこの伊原さんの友人として染織の研究者として重要無形文化財保持者として知られる志村ふくみさんは、すでに八十八歳だが営々として仕事をなお続けつつ、一面熱心な文学や思想書の愛読者としても過ごされ、仕事の合間には十七歳の時から読み始めたドストエフスキイの愛読者として今も読み続け、かたわら同じく若い時からの詩人リルケの愛読者でもあったことを近著『晩祷——リルケを読む』を一読して圧倒されるものがあった。ドストエフスキイやリルケと染織の研究とは一見無縁ともみえるが、そうではあるまい。すべては、ひとつのわざをつらぬきつつ、なお根源的に生きるということの眼を拓いてくれるものは、やはりすぐれた文学者の存在であろう。

さてもはや紙数も尽き、語るべき多くのものから離れるほかはないが、以下残されたわずかな紙数の中で寄稿者の労作については、その一端に簡単にふれることになったことをお許し戴きたい。前回の『時代を問う文学』では、あの昨年三月の東北の大震災を受けて巻頭には、これを語るにもっともふさわしい存在として、辺見庸氏のすぐれた巻頭エッセイを戴き、今回はまた〈日本女流文学の潮流〉ということで、これを語るに最もふさわしいひととして川上未映子さんに巻頭エッセイを戴いた。川上さんは詩人としては中原中也賞の受賞者であり、小説でも芥川賞の受賞はもとより、『ヘヴン』や『すべて真夜中の恋人たち』などの秀作で深く注目を浴びるものがあった。川上さんから辺見さんへと中原中也賞受賞の方々が続くことになったが、いまの時代同様、平板で、概念的な表現に終る多くの文学作品の中で、川上さんや辺見さんのような、従来のリリシズムやモダニズムのひびきを一掃して、真に我々の心をゆすぶる詩作品が生まれるべきだとは、たしか荒川洋治さんの発言であったと思う。辺見さんの場合は、病後のまだ不安な状態の中で、昨年〈三・一一〉の東北の大災害のあとを受けて、巻頭評論は辺見さんならではと切望し寄稿して戴いたが、このたびも〈女流文学を読む〉と題した巻頭に、その過去・現在・未来をつらぬく、あるべき展望と言えば川上さんこそが最も適任者であろうとお願いしたが、恰度出産直後の大変多忙の時期だったが快諾して戴くことが出来た。巻頭エッセイとしてそう長いものではないが、〈女流文学〉とは何かという概念をはなれ、また女性男性という区別を超え、本来のあるべき文学とは何かを展望ならぬ、根源的な認識と探究の中にさぐりとってゆかねばなるまいという、川上さんらしい意欲と熱気の伝わるものがある。私は御礼の言葉の中で次のようなことを述べてみた。戴いた新詩集『水瓶』（高見順賞受賞・追記）に「私の赤ちゃん」という作品があったが、これは辺見さんが新詩集『眼の海』でしばしばくり返している〈私の〉という言葉とひびき合うものがあり、〈私の〉という言葉、それは一切の概念的区別を排した根源なるものへの眼差しであり、〈存在〉とは何かということが根っこから問われているのではないか。

ここで私の忘れがたい言葉にふれれば、今は亡き吉本隆明さんが学生時代に太宰を訪ねた時、君は本当の男らしさとは何か分るかと問い、それは「マザーシップ」だよと語ったという。吉本さんはこれを忘れがたい言葉としていくたびかくり返し語っていた。真の男らしさとはマザーシップだという言葉にふれた時、私の心に浮かんだのは、あの『ヴィヨンの妻』の末尾の言葉、非人情も何もない「ただ生きていればいいのよ」という、あのヒロインの語る言葉と、それは深く通底してはいないか。これが「女性の勁さ」とは何かという課題に対する根源的な答えであろう。このたび出産されたあなたは、一層多忙の中、この言葉を心にきざんで生きて下さい。またこれを土台として、さらに広く、大きく、深い作品を書いて下さい。このような駄弁を礼文に交えて語ってみたが、『水瓶』の大胆な実験的な手法、文体にふれて、川上さんが「次に書く長い小説は大きく変わるような気がする」と、山城むつみさんは書評の中で述べている。全く同感だが、そこにさらに広くひらかれた〈マザーシップ〉の展開こそは、我々の心から期待するものである。

さて次は巻頭論文としての山田有策氏の「大人になるは厭やな事――『たけくらべ』の表現技巧――」と題したものだが、『たけくらべ』の少女美登利の美しさと、その「お俠《きゃん》」な性格に心魅かれる信如という少年との微妙な関係をふくめ、いくつかの名場面にひびく一葉独自の闊達な文体と語りの見事さをあざやかに切りとって語ってみせ、演劇や映画では到底表現できぬ、文学としての独自の表現の妙とこれを描く作家一葉自体の裡にひそむ、これも女流作家としてのしたたかな勁さを見事に語りとってみせている。その独自の文体の語りの妙を、いくたびか聴いたというあの幸田弘子氏の口演から受けた感銘にふれつつ、すぐれた作家の時代を超えた力と、文学自体にあって言葉のひびきというものがいかに微妙にして大切なものであるかを、限られた紙数の中で見事に語りとってみせた一文であり、恐らく女流文学者の独自の勁さといったものを一葉ほどあざやかに語ってみせた作家は尠く、一葉ファンのひとりとしての私のみならず、改めて多くの読者に一葉再読の興味を提起するものであろう。

続く板坂耀子氏の「土屋斐子『和泉日記』の魅力とは」と題された論攷は一般の読者にはまだなじみのうすい江戸時代の「女流紀行」の中でも最もすぐれた魅力ある紀行文の紹介で、すでに中公新書『江戸の紀行文』(二〇一一)という著書の中でも一章を設けて紹介されているもので、土屋斐子は堺奉行であった夫の任地堺で、生まれ故郷の江戸を離れて三年間を過した、その滞在記である。江戸時代という、あの時代のなかで一見慎ましく生きながら、実は本来の勁い個性の魅力を充分に発揮してみせる、この女流日記の魅力は見逃しがたいものだという、多くの読者の感想も寄せられたので、先の『江戸の紀行文』では書けなかった部分を中心に、この作品の豊かな魅力を紹介したものだという。もはや内容をくわしく紹介する余裕はないが、この『和泉日記』という六巻本の序文の説明をはじめ、「作者像」や「奉行の妻の日常に関する事」など多様な章を通して内容は多岐に亘る紹介文となっているが、やはり江戸期という時代に生きる役人の妻として悩みや苦労の数々もとりあげ、この時代を生き抜こうとした女性の苦闘の跡もありありと見えて来る。この論攷の奥にある板坂さんの緻密な研究業績のあり方を思わせるもので、先にふれた中公新書『江戸の紀行文』を改めて読んでみようという読者の関心をつよく透うものがあると言ってよかろう。

以上でゲストとしての執筆者の紹介は終り、続いての学内の方々の執筆はいずれも本来の専攻の分野でのすぐれた論究を示しておられることを申し上げて、仔細の紹介はもはや紙数も尽き、残念乍ら省かせて戴くこととする。ただすべての論者の方々に多忙の中で執筆の労をとられたことに心から感謝申し上げたい。なお次回の主題はまだ決まっていないが、いずれにせよこのような時代であればこそ、言わば〈人間学〉とも呼ぶべき文学本来の魅力を示す、さらなる充実した論集をまとめて行きたいものだと念っている。

執筆者プロフィール

奥野政元　（おくの・まさもと）

1945年生。梅光学院大学特任教授。著書に『中島敦論考』(桜楓社)、『芥川龍之介論』(翰林書房) などがある。その他森鷗外、夏目漱石、遠藤周作についての論文がある。

村中李衣　（むらなか・りえ）

1958年生。梅光学院大学文学部教授。著書に『絵本の読みあいからみえてくるもの』(ぶどう社)、『こころのほつれ、なおし屋さん。』(クレヨンハウス)、『なんかヘンだを手紙で伝える』(玉川大学出版局) など。

渡辺玄英　（わたなべ・げんえい）

1960年生。梅光学院大学講師。読売新聞 (西部本社) 詩時評連載中。著書に詩集として『破れた世界と啼くカナリア』(思潮社)、『火曜日になったら戦争に行く』(思潮社)、『海の上のコンビニ』(思潮社) など。

川上未映子　（かわかみ・みえこ）

1976年生。作家。2007年「わたくし率 イン 歯ー、または世界」（『早稲田文学0』）で早稲田大学坪内逍遙大賞奨励賞。2008年『乳と卵』（文藝春秋）で芥川賞。他に『ヘヴン』、『すべて真夜中の恋人たち』（ともに講談社）など。

山田有策　（やまだ・ゆうさく）

1943年生。東京学芸大学名誉教授。著書に『深層の近代——鏡花と一葉』（おうふう）、『幻想の近代——逍遙・美妙・柳浪』（おうふう）、『制度の近代——藤村・鷗外・漱石』（おうふう）など。

板坂耀子　（いたさか・ようこ）

1946年生。福岡教育大学名誉教授。博士（文学）。著書に『江戸の紀行文』（中公新書）、『平家物語』（中公新書）、『江戸の女、いまの女』（葦書房）、『動物登場』（弦書房）、『私のために戦うな』（弦書房）など。

安道百合子　（あんどう・ゆりこ）

1969年生。梅光学院大学准教授。共著に『文系のための情報処理入門』（和泉書院）、論文に「「まだふみもみず」考—小式部内侍「大江山」歌説話教材の要点—」（日本文学研究47号　梅光学院大学）ほか。

島田裕子　（しまだ・ゆうこ）

1949年生。梅光学院大学教授。「大伴家持の研究—春愁三首へ至る表現と詩精神の構造—」（『古代研究14』）「雪の日の肆宴歌」（『セミナー万葉の歌人と作品第八巻』）「第四期万葉人の歌学び—女歌を中心として—」（戸谷高明編『古代文学の思想と表現』）など。

女流文学の潮流

梅光学院大学公開講座論集　第61集

2013年3月11日　初版第1刷発行

佐藤泰正

1917年生。梅光学院大学客員教授。文学博士。著書に『日本近代詩とキリスト教』（新教出版社）、『夏目漱石論』（筑摩書房）、『佐藤泰正著作集』全13巻（翰林書房）、『中原中也という場所』（思潮社）、『これが漱石だ。』（櫻の森通信社）ほか。

編者

右澤康之

装幀

株式会社　シナノ

印刷／製本

有限会社　笠間書院

〒101-0064　東京都千代田区猿楽町2-2-3

Tel 03(3295)1331　Fax 03(3294)0996

発行所

ISBN　978-4-305-60262-6　C0395　NDC分類：910.2

佐藤泰正編　笠間ライブラリー❖梅光学院大学公開講座

5 文学における宗教

旧約聖書における文学と宗教■関根正雄　キリスト教と文学の接点■大塚野百合　エミリー・ブロンテの信仰■宮川下枝　セアラの愛■宮野祥子　ヘミングウェイと聖書的人間像■樋口日出雄　ジョルジュ・ベルナース論■上総英郎　ポール・クローデルのみた日本の心■石進　『風立ちぬ』の世界■佐藤泰正　椎名麟三とキリスト教■宮野光男　塚本邦雄における〈神〉の位相■安森敏隆

50191-0
1000円

6 文学における時間

先史古代社会における時間■国分直一　古代文学における時間■岡田喜久男　漱石における時間■佐藤泰正　戦後小説の時間■利沢行夫　椎名文学における〈時間〉■宮野光男　文学における瞬間と持続■山形和美　十九世紀イギリス文学における「時間」■藤田清次　英語時制の問題点■加島康司　ヨハネ福音書における「時」■峠口新

50192-9
1000円

7 文学における自然

源氏物語の自然■武原弘　源俊頼の自然詠について■関根慶子　透谷における「自然」■平岡敏夫　漱石における〈自然〉■佐藤泰正　中国文学に於ける自然観■今浜通隆　ワーズワス・自然・パストラル■野中涼　アメリカ文学と自然■東山正芳　ヨーロッパ近代演劇と自然主義■徳永哲　イプセン作「テーリエ・ヴィーゲン」の海■中村都史子

50193-7
1000円

8 文学における風俗

倭人の風俗■国分直一　『今昔物語集』の受領たち■宮田尚　浮世草子と風俗■渡辺憲司　椎名文学における〈風俗〉■宮野光男　藤村と芥川の風俗意識に見られる近代日本文学の歩み■向山義彦　文学の「場」としての風俗■磯田光一　現代アメリカ文学における風俗■今井夏彦　風俗への挨拶■新谷敬三郎　哲学と昔話■荒木正見　ことばと風俗■村田忠男

50194-5
1000円

ISBNは頭に978-4-305を付けご利用下さい。

佐藤泰正編　笠間ライブラリー❖梅光学院大学公開講座

9 文学における空間

魏志倭人伝の方位観▌国分直一　はるかな空間への憧憬と詠歌▌岩崎禮太郎　漱石における空間―序説▌佐藤泰正　文学空間としての北海道▌小笠原克　文学における空間▌矢本貞幹　ヨーロッパ近代以降の戯曲空間と「生」▌徳永哲　W・B・イェイツの幻視空間▌星野徹　言語における空間▌岡野信子　ボルノーの空間論▌森田美千代　聖書の解釈について▌岡山好江

50195-3
品　切

10 方法としての詩歌

源氏物語の和歌について▌武原弘　近代短歌の方法意識▌前田透　方法としての近代歌集▌佐佐木幸綱　宮沢賢治―その挽歌をどう読むか▌佐藤泰正　詩の構造分析▌関根英二　『水葬物語』論▌安森敏隆　私の方法▌谷川俊太郎　シェイクスピアと詩▌後藤武士　方法としての詩―W・C・ウィリアムズの作品に即して▌徳永暢三　日英比較詩法▌樋口日出雄　北欧の四季の歌▌中村都史子

50196-1
1000円

11 語りとは何か

「語り」の内面▌武田勝彦　異常な語り▌荒木正見　『谷の影』における素材と語り▌徳永哲　ヘミングウェイと語り▌樋口日出雄　『フンボルトの贈物』▌今石正人　『古事記』における物語と歌謡▌岡田喜久男　語りとは何か▌藤井貞和　日記文学における語りの性格▌森田兼吉　〈語り〉の転移▌佐藤泰正

50197-×
1000円

12 ことばの諸相

ロブ・グリエ「浜辺」から▌関根英二　俳句・短歌・詩における〈私〉の問題▌北川透　イディオットの言語▌赤祖父哲二　『源氏物語』の英訳をめぐって▌井上英明　ボルノーの言語論▌森田美千代　英文法▌加島康司　英語変形文法入門▌本橋辰至　「比較級＋than 構造」と否定副詞▌福島一人　現時点でみる国内国外における日本語教育の種々相▌白木進　仮名と漢字▌平井秀文

50198-8
1100円

ISBNは頭に978-4-305を付けご利用下さい。

佐藤泰正編　笠間ライブラリー❖梅光学院大学公開講座

13
文学における父と子
家族をめぐる問題■国分直一　孝と不幸との間■宮田尚　俊成と定家■岩崎禮太郎　浮世草子の破家者達■渡辺憲司　明治の〈二代目たち〉の苦闘■中野新治　ジョバンニの父とはなにか■吉本隆明　子の世代の自己形成■吉津成久　父を探すヤペテ＝スティーヴン■鈴木幸夫　S・アンダスン文学における父の意義■小園敏幸　ユダヤ人における父と子の絆■今井夏彦

50199-6
1000円

14
文学における海
古英詩『ベオウルフ』における海■矢田裕士　ヘンリー・アダムズと海■樋口日出雄　海の慰め■小川国夫　万葉人たちのうみ■岡田喜久男　中世における海の歌■池田富蔵　「待つ」ことのコスモロジー■杉本春生　三島由紀夫における〈海〉■佐藤泰正　吉行淳之介の海■関根英二　海がことばに働くとき■岡野信子　現象としての海■荒木正見

50200-3
品　切

15
文学における母と子
『蜻蛉日記』における母と子の構図■守屋省吾　女と母と■安森敏隆　母と子■中山和子　汚辱と神聖と■斎藤末弘　文学のなかの母と子■宮野光男　母の魔性と神性■渡辺美智子　『海へ騎り行く人々』にみる母の影響■徳永哲　ボルノーの母子論■森田美千代　マターナル・ケア■たなべ・ひでのり

60216-4
1000円

16
文学における身体
新約聖書における身体■峠口新　身体論の座標■荒木正見　G・グリーン「燃えつきた人間」の場合■宮野祥子　身体・国土・聖別■井上英明　身体論的な近代文学のはじまり■吉田凞生　漱石における身体■亀井秀雄　近代文学における身体■佐藤泰正　竹内敏晴のからだ論■森田美千代　短歌における身体語の位相■安森敏隆

60217-2
1000円

ISBNは頭に978-4-305を付けご利用下さい。

佐藤泰正編　笠間ライブラリー❖梅光学院大学公開講座

17 日記と文学

『かげろうの日記』の拓いたもの■森田兼吉　『紫式部日記』論予備考説■武原弘　建保期の定家と明月記■岩崎禮太郎　二世市川団十郎日記抄の周辺■渡辺憲司　傍観者の日記・作品の中の傍観者■中野新治　一葉日記の文芸性■村松定孝　作家と日記■宮野光男　日記の文学と文学の日記■中野記偉　『自伝』にみられるフレーベルの教育思想■吉岡正宏

60218-0
1000円

18 文学における旅

救済史の歴史を歩んだひとびと■岡山好江　天都への旅■山本俊樹　ホーソンの作品における旅の考察■長岡政憲　アラン島の生活とシング■徳永哲　海上の道と神功伝説■国分直一　万葉集における旅■岡田喜久男　〈旅といのち〉の文学■岩崎禮太郎　同行二人■白石悌三　『日本言語地図』から20年■岡野信子

60219-9
1000円

19 事実と虚構

『遺物』における虚像と実像■木下尚子　鹿谷事件の〈虚〉と〈実〉■宮田尚　車内空間と近代小説■剣持武彦　斎藤茂吉における事実と虚構■安森敏隆　太宰治における事実と虚構■森田美千代　遊戯論における現実と非現実の世界■吉岡正宏　テニスン『イン・メモリアム』考■渡辺美智子　シャーウッド・アンダスンの文学における事実と虚構■小園敏幸

60220-2
品　切

20 文学における子ども

子ども—「大人の父」—■向山淳子　児童英語教育への効果的指導■伊佐雅子　『源氏物語』のなかの子ども■武原弘　芥川の小説と童話■浜野卓也　近代詩のなかの子ども■佐藤泰正　外なる子ども　内なる子ども■いぬいとみこ　「内なる子ども」の変容をめぐって■高橋久子　象徴としてのこども■荒木正見　子どもと性教育■古澤暁　自然主義的教育論における子ども観■吉岡正宏

60221-0
1000円

ISBNは頭に978-4-305を付けご利用下さい。

佐藤泰正編　笠間ライブラリー❖梅光学院大学公開講座

21
文学における家族

平安日記文学に描かれた家族のきずな■森田兼吉　家族の発生■山田有策　塚本邦雄における〈家族〉の位相■安森敏隆　中絶論■芹沢俊介　「家族」の脱構築■吉津成久　清貧の家族■向山淳子　家庭教育の人間学的考察■広岡義之　日米の映画にみる家族■樋口日出雄

60222-9
1000円

22
文学における都市

欧米近代戯曲と都市生活■徳永哲　都市とユダヤの「隙間」■今井夏彦　ボルノーの「空間論」についての一考察■広岡義之　民俗における都市と村落■国分直一　〈都市〉と「恨の介」前後■渡辺憲司　百閒と漱石——反=三四郎の東京■西成彦　都市の中の身体　身体の中の都市■小森陽一　宮沢賢治における「東京」■中野新治　都市の生活とスポーツ■安富俊雄

60223-7
1000円

23
方法としての戯曲

『古事記』における演劇的なものについて■岡田喜久男　方法としての戯曲■松崎仁　椎名麟三戯曲「自由の彼方で」における〈神の声〉■宮野光男　方法としての戯曲■高堂要　欧米近代戯曲における「神の死」の諸相■徳永哲　戯曲とオペラ■原口すま子　島村抱月とイプセン■中村都史子　ボルノーにおける「役割からの解放」概念について■広岡義之　〈方法としての戯曲〉とは■佐藤泰正

60224-5
1000円

24
文学における風土

ホーソーンの短編とニューイングランドの風土■長岡政憲　ミシシッピー川の風土とマーク・トウェイン■向山淳子　現代欧米戯曲にみる現代的精神風土■徳永哲　神聖ローマの残影■栗田廣美　豊国と常陸国■国分直一　『今昔物語集』の〈九州〉■宮田尚　賢治童話と東北の自然■中野新治　福永武彦における「風土」■曽根博義　『日本言語地図』上に見る福岡県域の方言状況■岡野信子　スポーツの風土■安富俊雄

60225-3
1000円

ISBNは頭に978-4-305を付けご利用下さい。

佐藤泰正編　笠間ライブラリー❖梅光学院大学公開講座

25

「源氏物語」を読む

源氏物語の人間▍目加田さくを　「もののまぎれ」の内容▍今井源衛　『源氏物語』における色のモチーフ▍伊原昭　光源氏はなぜ絵日記を書いたか▍森田兼吉　弘徽殿大后試論▍田坂憲二　末期の眼▍武原弘　源氏物語をふまえた和歌▍岩崎禮太郎　光源氏の生いたちについて▍井上英明　『源氏物語』の中国語訳をめぐる諸問題▍林水福　〈読む〉ということ▍佐藤泰正

60226-1
品　切

26

文学における二十代

劇作家シングの二十歳▍徳永哲　エグサイルとしての二十代▍吉津成久　アメリカ文学と青年像▍樋口日出雄　儒者・文人をめざす平安中期の青年群像▍今浜通隆　維盛の栄光と挫折▍宮田尚　イニシエーションの街―「三四郎」▍石原千秋　「青春」という仮構▍紅野謙介　二十代をライフサイクルのなかで考える▍古澤暁　文学における明治二十年代▍佐藤泰正

60227-×
1000円

27

文体とは何か

文体まで▍月村敏行　新古今歌人の歌の凝縮的表現▍岩崎禮太郎　大田南畝の文体意識▍久保田啓一　太宰治の文体―「富嶽百景」再攷▍鶴谷憲三　表現の抽象レベル▍野中涼　語彙から見た文体▍福島一人　新聞及び雑誌英語の文体に関する一考察▍原田一男　〈海篇〉に散見される特殊な義注文体▍遠藤由里子　漱石の文体▍佐藤泰正

60228-8
品　切

28

フェミニズムあるいはフェミニズム以後

近代日本文学のなかのマリアたち▍宮野光男　「ゆき女きき書」成立考▍井上洋子　シェイクスピアとフェミニズム▍朱雀成子　フランス文学におけるフェミニズムの諸相▍常岡晃　女性の現象学▍広岡義之　フェミニスト批判に対して▍富山太佳夫　言語運用と性▍松尾文子　アメリカにおけるフェミニズムあるいはフェミニスト神学▍森田美千代　山の彼方にも世界はあるのだろうか▍中村都史子　スポーツとフェミニズム▍安富俊雄　近代文学とフェミニズム▍佐藤泰正

60229-6
1000円

ISBNは頭に978-4-305を付けご利用下さい。

佐藤泰正編　笠間ライブラリー❖梅光学院大学公開講座

29 文学における手紙

手紙に見るカントの哲学▍黒田敏夫　ブロンテ姉妹と手紙▍宮川下枝　シングの孤独とモリーへの手紙▍徳永哲　苦悩の手紙▍今井夏彦　平安女流日記文学と手紙▍森田兼吉　『今昔物語集』の手紙▍宮田尚　書簡という解放区▍金井景子　塵の世・仙境・狂気▍中島国彦　「郵便脚夫」としての賢治▍中野新治　漱石―その〈方法としての書簡〉▍佐藤泰正

60230-×
1000円

30 文学における老い

古代文学の中の「老い」▍岡田喜久男　「楢山節考」の世界▍鶴谷憲三　限界状況としての老い▍佐古純一郎　聖書における老い▍峠口　新　老いゆけよ我と共に―R・ブラウニングの世界▍向山淳子　アメリカ文学と〝老い〟▍大橋健三郎　シャーウッド・アンダスンの文学におけるグロテスクと老い▍小園敏幸　ヘミングウェイと老人▍樋口日出雄　「老い」をライフサイクルのなかで考える▍古澤　暁　〈文学における老い〉とは▍佐藤泰正

60231-8
1000円

31 文学における狂気

預言と狂気のはざま▍松浦義夫　シェイクスピアにおける狂気▍朱雀成子　近代非合理主義運動の功罪▍広岡義之　G・グリーン『おとなしいアメリカ人』を読む▍宮野祥子　狂気と江戸時代演劇▍松崎仁　北村透谷―「疎狂」の人▍藪禎子　萩原朔太郎の「殺人事件」▍北川透　狂人の手記▍木股知史　森内俊雄文学のなかの〈狂気の女〉▍宮野光男　〈文学における狂気〉とは▍佐藤泰正

60232-6
1000円

32 文学における変身

言語における変身▍古川武史　源氏物語における人物像変貌の問題▍武原弘　ドラマの不在・変身▍中野新治　変身、物語の母型―漱石『こゝろ』管見―▍浅野洋　唐代伝奇に見える変身譚―▍増子和男　神の巫女―谷崎潤一郎〈サイクル〉の変身―▍清水良典　メタファーとしての変身―▍北川透　イエスの変貌と悪霊に取りつかれた子の癒し―▍森田美千代　〈文学における変身〉とは▍佐藤泰正　トウェインにおける変身、或いは入れ替わりの物語▍堤千佳子

60233-4
1000円

ISBNは頭に978-4-305を付けご利用下さい。

33 シェイクスピアを読む

多義的な〈真実〉▌鶴谷憲三　『オセロー』―女たちの表象▌朱雀成子　昼の闇に飛翔する〈せりふ〉▌徳永哲　シェイクスピアと諺▌向山淳子　ジョイスのなかのシェイクスピア▌吉津成久　シェイクスピアを社会言語学的視点から読む▌高路善章　シェイクスピアの贋作▌大場建治　シェイクスピア劇における特殊と普遍▌柴田稔彦　精神史の中のオセロウ▌藤田実　漱石とシェイクスピア▌佐藤泰正

60234-2
1000円

34 表現のなかの女性像

「小町変相」論▌須浪敏子　〈男〉の描写から〈女〉を読む▌森田兼吉　シャーウッド・アンダスンの女性観▌小園敏幸　矢代静一「泉」を読む▌宮野光男　和学者の妻たち▌久保田啓一　文読む女・物縫う女▌中村都史子　運動競技と女性のミステリー▌安冨俊雄　マルコ福音書の女性たち▌森田美千代　漱石の描いた女性たち▌佐藤泰正

60235-0
1000円

35 文学における仮面

文体という仮面▌服部康喜　変装と仮面▌石割透　キリスト教におけるペルソナ（仮面）▌松浦義夫　ギリシャ劇の仮面から現代劇の仮面へ▌徳永哲　ボルノーにおける「希望」の教育学▌広岡義之　ブラウニングにおけるギリシャ悲劇〈仮面劇〉の受容▌松浦美智子　見えざる仮面▌松崎仁　〈仮面〉の犯罪▌北川透　〈文学における仮面〉とは▌佐藤泰正　テニソンの仮面▌向山淳子

60236-9
品　切

36 ドストエフスキーを読む

ドストエフスキー文学の魅力▌木下豊房　光と闇の二連画▌清水孝純　ロシア問題▌新谷敬三郎　萩原朔太郎とドストエフスキー▌北川透　ドストエフスキーにおけるキリスト理解▌松浦義夫　「罪と罰」におけるニヒリズムの超克▌黒田敏夫　『地下室の手記』を読む▌徳永哲　太宰治における〈ドストエフスキー〉▌鶴谷憲三　呟きは道化の祈り▌宮野光男　ドストエフスキイと近代日本の作家▌佐藤泰正

60237-7
1000円

ISBNは頭に978-4-305を付けご利用下さい。

佐藤泰正編　笠間ライブラリー❖梅光学院大学公開講座

37 文学における道化

受苦としての道化▌柴田勝二　笑劇（ファルス）の季節、あるいは蛸博士の二重身▌花田俊典　〈道化〉という仮面▌鶴谷憲三　道化と祝祭▌安冨俊雄　『源氏物語』における道化▌武原弘　濫行の僧たち▌宮田尚　近代劇、現代劇における道化▌徳永哲　シェイクスピアの道化▌朱雀成子　〈文学における道化〉とは▌佐藤泰正　ブラウニングの道化役▌向山淳子

60238-5
1000円

38 文学における死生観

斎藤茂吉の死生観▌安森敏隆　平家物語の死生観▌松尾葦江　キリスト教における死生観▌松浦義夫　ケルトの死生観▌吉津成久　ヨーロッパ近・現代劇における死生観▌徳永哲　教育人間学が問う「死」の意味▌広岡義之　「死神」談義▌増子和男　宮沢賢治の生と死▌中野新治　〈文学における死生観〉とは▌佐藤泰正　ブライアントとブラウニング▌向山淳子

60239-3
1000円

39 文学における悪

カトリック文学における悪の問題▌富岡幸一郎　エミリ・ブロンテと悪▌斎藤和明　電脳空間と悪▌樋口日出雄　悪魔と魔女と妖精と▌樋口紀子　近世演劇に見る悪の姿▌松崎仁　『今昔物語集』の悪行と悪業▌宮田尚　『古事記』に見る「悪」▌岡田喜久男　〈文学における悪〉とは—あとがきに代えて—▌佐藤泰正　ブラウニングの悪の概念▌向山淳子

60240-7
1000円

40 「こころ」から「ことば」へ「ことば」から「こころ」へ

〈道具〉扱いか〈場所〉扱いか▌中右実　あいさつ対話の構造・特性とあいさつことばの意味作用▌岡野信子　人間関係の距離認知とことば▌高路善章　外国語学習へのヒント▌吉井誠　伝言ゲームに起こる音声的な変化について▌有元光彦　話法で何が伝えられるか▌松尾文子　〈ケルトのこころ〉が囁く▌吉津成久　文脈的多義と認知的多義▌国広哲弥　〈ことばの音楽〉をめぐって▌北川透　言葉の逆説性をめぐって▌佐藤泰正

60241-3
1000円

ISBNは頭に978-4-305を付けご利用下さい。

佐藤泰正編　笠間ライブラリー❖梅光学院大学公開講座

41 異文化との遭遇

〈下層〉という光景■出原隆俊　横光利一とドストエフスキーをめぐって■小田桐弘子　説話でたどる仏教東漸■宮田尚　キリスト教と異文化■松浦義夫　ラフカディオ・ハーンから小泉八雲へ■吉津成久　アイルランドに渡った「能」■徳永哲　北村透谷とハムレット■北川透　国際理解と相克■堤千佳子　〈異文化との遭遇〉とは■佐藤泰正　Englishness of English Haiku and Japaneseness of Japanese Haiku■湯浅信之

60242-3
1000 円

42 癒しとしての文学

イギリス文学と癒しの主題■斎藤和明　癒しは、どこにあるか■宮川健郎　トマス・ピンチョンにみる癒し■樋口日出雄　魂の癒しとしての贖罪■松浦義夫　文学における癒し■宮野光男　読書療法をめぐる十五の質問に答えて■村中李衣　宗教と哲学における魂の癒し■黒田敏夫　ブラウニングの詩に見られる癒し■松浦美智子　『人生の親戚』を読む■鶴谷憲三　〈癒しとしての文学〉とは■佐藤泰正

60243-1
1000 円

43 文学における表層と深層

『風立ちぬ』の修辞と文体■石井和夫　遠藤周作『深い河』の主題と方法■笠井秋生　宮沢賢治における「超越」と「着地」■中野新治　福音伝承における表層と深層■松浦義夫　ジャガ芋大飢饉のアイルランド■徳永哲　V・E・フランクルにおける「実存分析」についての一考察■広岡義之　G・グリーン『キホーテ神父』を読む■宮野祥子　〈文学における表層と深層〉とは■佐藤泰正　言語構造における深層と表層■古川武史

60244-X
1000 円

44 文学における性と家族

「ウチ」と「ソト」の間で■重松恵子　〈流浪する狂女〉と〈二階の叔父さん〉■関谷由美子　庶民家庭における一家団欒の原風景■佐野茂　近世小説における「性」と「家族」■倉本昭　『聖書』における「家族」と「性」■松浦義夫　『ハムレット』を読み直す■朱雀成子　ノラの家出と家族問題■徳永哲　『ユリシーズ』における「寝取られ亭主」の心理■吉津成久　シャーウッド・アンダスンの求めた性と家族■小園敏幸　〈文学における性と家族〉とは■佐藤泰正

60245-8
1000 円

ISBN は頭に978- 4 -305を付けご利用下さい。

佐藤泰正編　笠間ライブラリー❖梅光学院大学公開講座

45 太宰治を読む

太宰治と井伏鱒二▍相馬正一　太宰治と旧制弘前高等学校▍鶴谷憲三　『新釈諸国噺』の裏側▍宮田　尚　花なき薔薇▍北川透　『人間失格』再読▍佐藤泰正　「外国人」としての主人公の位置について▍村瀬　学　太宰治を読む▍宮野光男　戦時下の太宰・一面▍佐藤泰正

60246-6　1000 円

46 鷗外を読む

「鷗外から司馬遼太郎まで」▍山崎正和　鷗外の『仮名遣意見』について▍竹盛天雄　森鷗外の翻譯文學▍小堀桂一郎　森鷗外における「名」と「物」▍中野新治　小倉時代の森鷗外▍小林慎也　多面鏡としての〈戦争詩〉▍北川　透　鷗外と漱石▍佐藤泰正

60247-4　品　切

47 文学における迷宮

『新約聖書』最大の迷宮▍松浦義夫　源氏物語における迷宮▍武原　弘　富士の人穴信仰と黄表紙▍倉本　昭　思惟と存在の迷路▍黒田敏夫　「愛と生の迷宮」▍松浦美智子　死の迷宮の中へ▍徳永　哲　アメリカ文学に見る「迷宮」の様相▍大橋健三郎　アップダイクの迷宮的世界▍樋口日出雄　パラノイアック・ミステリー▍中村三春　〈文学における迷宮〉とは▍佐藤泰正

60248-2　1000 円

48 漱石を読む

漱石随想▍古井由吉　漱石における東西の葛藤▍湯浅信之　「坊っちゃん」を読む▍宮野光男　漱石と朝日新聞▍小林慎也　人情の復活▍石井和夫　強いられた近代人▍中野新治　〈迷羊〉の彷徨▍北川　透　「整った頭」と「乱れた心」▍田中　実　『明暗』における下位主題群の考察（その二）▍石崎　等　〈漱石を読む〉とは▍佐藤泰正

60249-0　1000 円

49 戦争と文学

戦争と歌人たち▍篠　弘　二つの戦後▍加藤典洋　フランクルの『夜と霧』を読み解く▍広岡義之　〈国民詩〉という罠▍北川　透　後日談としての戦争▍樋口日出雄　マーキェヴィッツ伯爵夫人とイェイツの詩▍徳永　哲　返忠（かえりちゅう）▍宮田　尚　『新約聖書』における聖戦▍松浦義夫　戦争文学としての『趣味の遺伝』▍佐藤泰正

60250-4　1000 円

ISBN は頭に978- 4 -305を付けご利用下さい。

佐藤泰正編　笠間ライブラリー❖梅光学院大学公開講座

50 宮沢賢治を読む

詩人、詩篇、そしてデモン■天沢退二郎　イーハトーヴの光と風■松田司郎　宮沢賢治における「芸術」と「実行」■中野新治　賢治童話の文体-その問いかけるもの■佐藤泰正　宮沢賢治と中原中也■北川透　宮沢賢治のドラゴンボール■秋枝美保　「幽霊の複合体」をめぐって■原子朗　「銀河鉄道の夜」■山根知子　「風の又三郎」異聞■宮野光男

60251-2　1000 円

51 芥川龍之介を読む

「羅生門」の読み難さ■海老井英次　「杜子春」論■宮坂覺　「玄鶴山房」を読む■関口安義　「蜘蛛の糸」あるいは「温室」という装置■中野新治　文明開化の花火■北川透　芥川龍之介「南京の基督」を読む■宮野光男　芥川龍之介と『今昔物語集』との出会い■宮田尚　日本英文学の「独立宣言」と、漱石-芥川の伝統路線に見える近代日本文学の運命■向山義彦　芥川龍之介と弱者の問題■松本常彦　芥川—その〈最終章〉の問いかけるもの■佐藤泰正

60252-0　1000 円

52 遠藤周作を読む

神学と小説の間■木崎さと子　夫・遠藤周作と過ごした日々■遠藤順子　おどけと哀しみと—人生の天秤棒■加藤宗哉　遠藤周作と井上洋治■山根道公　遠藤周作における心の故郷と歴史小説■高橋千劔破　「わたしが・棄てた・女」について■笠井秋生　虚構と事実の間■小林慎也　遠藤周作「深い河」を読む■宮野光男　遠藤文学の受けついだもの■佐藤泰正

60253-9　1000 円

53 俳諧から俳句へ

俳諧から俳句へ■坪内稔典　マンガ『奥の細道』■堀切実　戦後俳句の十数年■阿部誠文　インターネットで連歌を試みて■湯浅信之　花鳥風月と俳句■小林慎也　菊舎尼の和漢古典受容■倉本昭　鶏頭の句の分からなさ■北川透　芭蕉・蕪村と近代文学■佐藤泰正

60254-7　1000 円

54 中原中也を読む

『全集』という生きもの■佐々木幹郎　中原中也とランボー■宇佐美斉　山口と中也■福田百合子　亡き人との対話—宮沢賢治と中原中也—■中原豊　《無》の軌道》を内包する文学—中原中也と太宰治の出会い—■北川透　中原中也　あるいは　魂の労働者■中野新治　ゆらゆれる「ゆあーん　ゆよーん」—中原中也「サーカス」の改稿と行の字下げをめぐって—■加藤邦彦　中原中也をどう読むか—その〈宗教性〉の意味を問いつつ—■佐藤泰正

60255-5　1000 円

ISBNは頭に978-4-305を付けご利用下さい。

佐藤泰正編　笠間ライブラリー❖梅光学院大学公開講座

55 戦後文学を読む

敗戦文学論■桶谷秀昭　戦争体験の共有は可能か―浮遊する〈魂〉と彷徨する〈けもの〉について―■栗坪良樹　危機ののりこえ方―大江健三郎の文学―■松原新一　マリアを書く作家たち―椎名麟三「マグダラのマリア」に言い及ぶ―■宮野光男　松本清張の書いた戦後―『点と線』『日本の黒い霧』など―■小林慎也　三島由紀夫『春の雪』を読む■北川透　現代に〈教養小説〉は可能か―村上春樹『海辺のカフカ』を読む―■中野新治　戦後文学の問いかけるもの―漱石と大岡昇平をめぐって―■佐藤泰正

60256-5
1000 円

56 文学　海を渡る

ことばの海を越えて―シェイクスピア・カンパニーの出帆―■下館和巳　想像力の往還―カフカ・公房・春樹という惑星群―■清水孝純　ケルトの風になって―精霊の宿る島愛蘭と日本の交流―■吉津成久　パロディー、その喜劇への変換―太宰治『新ハムレット』考―■北川透　黒澤明の『乱』―『リア王』の変容―■朱雀成子　赤毛のアンの語りかけるもの―堤千佳子　「のっぺらぼう」考―その「正体」を中心として―■増子和男　近代日本文学とドストエフスキイ―透谷・漱石・小林秀雄を中心に―■佐藤泰正

60257-2
1000 円

57 源氏物語の愉しみ

「いとほし」をめぐって―源氏物語は原文の味読によるべきこと―■秋山虔　源氏物語の主題と構想■目加田さくを　『源氏物語』と色―その一端―■伊原昭　桐壷院の年齢―与謝野晶子の「二十歳」「三十歳」説をめぐって―■田坂憲二　第二部の紫の上の生と死―贖罪論の視座から―■武原弘　『源氏物語』の表現技法―用語の選択と避選択・敬語の使用と避使用―■関一雄　『源氏』はどう受け継がれたか―禁忌の恋の読まれ方と『源氏』以後の男主人公像―■安道百合子　江戸時代人が見た『源氏』の女人―末摘花をめぐって―■倉本昭　源氏物語雑感■佐藤泰正

60258-9
1000 円

ISBNは頭に978-4-305を付けご利用下さい。